二分之一的他

下册

天水三千 著

青岛出版社
QINGDAO PUBLISHING HOUSE

第六章

缓慢消失的隔阂

在一部戏正式开拍以前，一些演员确实会为了角色去进行一些特别培训，帮助自己更好地饰演角色。这种事萧琪以前也做过不少，但像强黎安排的这种培训，倒是从来没有遇到过——一是时间非常长，距离正式拍摄还有九个多月，距离考核也有七个月；二是角色还没有确定谁来演。第二点尤为特别，或者说对演员的影响特别大。在没有任何保证的前提下，那么久的培训耗费的不光是时间，也等于放弃了这段时间内出现的其他机会，长时间没有媒体曝光，人气是保持不住的。若是最后还不幸入不了导演的眼，演员就是完完全全浪费了生命。这是一种赌博，很有可能也是一笔投入和产出不成正比的赔本买卖。

萧琪是迫不得已参加培训的，她的处境要求她必须奋力抓住任何一个机会，她需要爬出现在的泥沼，重新找回自己。

但柳哲和她不同。

柳哲处于事业的巅峰，时不时出现在各大媒体的头条，之前他参演的三部电影都获得了不错的票房，口碑出众。他不缺机会，需要的应该是乘胜追击，不断地寻找话题和快速地推出新作品，巩固自己的人气和地位，或者选择接一些娱乐节目的通告，保持应有的曝光率。但为什么他会花费那么长的时间去参加这样的一次培训？

眼前的柳哲狠狠地摔在了橡胶垫上，手扶着腰，半天没起来——他刚做了一个危险且失败的前空翻动作。

而且，从开始到现在的大半个月中，柳哲一直没给她好脸色看，就仿佛她欠了他一个交代似的。

“你们两个就是竞争花易折这个角色的人吧？”浑厚的嗓音来自一位笑容可掬的大伯，这人顶着夹杂着灰白发丝的“地中海”，眼角的皱纹细细浅浅地隐藏在红润的面容之下，一双眼睛藏在厚实的镜片后面，却透着清凉的光。

他旁边站着一脸尊敬的任岚义。

“萧琪、柳哲，你们过来下。”任岚义招呼两人过来，说道，“我给你们介绍一下，这是罗老，和黎叔合作很多年了，一直是黎叔的御用武术指导。这里是罗老的徒弟开设的训练馆，罗老有空就会来看看你们的进展情况。”

萧琪和柳哲还没说话，罗老反而先开了口：“先别打招呼了。我这儿有两把剑，先持剑起势看看。”说着，罗老便真向两人丢了两把剑。

柳哲伸手接住了。

剑很重，萧琪没准备好，手碰到了剑身，剑哐当一声砸在了地上。她略表歉意地捡起剑，从左手交到了右手。

罗老立刻抬手，阻止两人继续摆姿势，带着笑意说道：“这样就好，接着练吧。小任，我们去下一组看看。”

“噗！”柳哲没忍住笑了出来，“小任……”

任岚义瞥了柳哲一眼，笑骂道：“你骂谁呢？信不信我削你？给我抓紧练！”

柳哲神色夸张地回道：“是是是，小任说得对！听小任的、听小任的。远贤臣，近小人嘛。”

“呸！”任岚义装模作样地啐了一口，就跟着罗老走远了。

萧琪好奇地问道：“你和任岚义认识？”

柳哲撇了撇嘴：“朋友。”他一说完，又紧张地转过头来指着萧琪说道，“我可把话说清楚，虽然我和岚义是朋友，但剧组的事，我们一直是公事公办，我可没找他给我开后门啊！我可警告你啊，你别想多了！”

“你是不是有被害妄想症？”莫名其妙被警告的萧琪立刻反击，“你不说倒还好，你这么一说，我反而更觉得可能就是那么回事了。”

“我是谁，我可是柳哲，我需要通过开后门之类的手段来让自己进剧组吗？你知不知道有多少剧组求着我进去，有多少剧组随便我挑？你再瞎说，信不信我削你！”柳哲牛气哄哄地把剑平举到身前，做了个刀削的姿势。

可惜他不像任岚义，“削”字说得一点儿都不地道，没那种方言特有的味道。

听着柳哲的话，萧琪也知道他所言非虚，忍不住拿剑挑开了柳哲的剑，刺激他道：“那你在这儿受什么罪？练得全身青一块紫一块的，好玩儿？我看你说的都是假的。”

“假什么假啊！我的经纪人都不愿意让我来这儿。本来有一部封导的剧，我硬是……反正，是我要来这儿的。”

“那你为什么来这儿？”

“我乐意！”

“为什么乐意？”

“就是乐意！”

“你几岁了？”面对耍赖皮的柳哲，萧琪忍不住问他。

“什么几岁了？我们不是同学吗？”

“你像个三岁的娃娃，整天就会说‘我不管、我不管’‘我乐意，反正我就是乐意’。”萧琪翻了个白眼，用没开刃的剑戳了戳柳哲的肋部。

柳哲像触电一样，往后跳了一大步。

“来，和姐姐说说，难道是什么丢脸到不能见人的理由吗？”萧琪继续问他。

“因为不想当个花瓶！”说完，柳哲整个人立刻就泄了气，脸上也露出无趣的表情。

“花瓶怎么了？”

柳哲叹了口气：“我之前的几部剧虽然成绩都不错，我也有了很多很多的粉丝……我从来没想过会有那么多人喜欢上我。但我也偷偷去看过很多点评。有不少人并不认可我，觉得我是个除了长得帅以外，没有任何演技的花瓶。我不服。”

“你肯定不是在你的粉丝群里看到这些说法的吧。”萧琪回想了下她之前偶尔看到的柳哲主演的电影，虽然演技算不上“教科书式”的，但也算“演技在线”，说他没有任何演技可言，就有点儿过分了。

“那当然啊，粉丝只会说你的好，粉丝看你都是带着滤镜的。人要进步，当然得看中立的人和批评你的人对你的看法啊。”柳哲认真地回答道。

“看不出来，你还有这种觉悟。看来，你果然是我想的那种类型。”

“哪种类型？”

萧琪笑着说道：“就是那种每天对着各个社交平台一遍一遍地搜索有关自己的关键词的演员。看到说自己好的就偷着乐，看到抹黑自己的，就浑身不舒服。”

柳哲脸一红：“你才是这种人呢！我才不在意别人的看法，什么好的黑的，我就当没看见！”

“那你还在意别人说你是花瓶？”看柳哲的反应，萧琪就知道这人一定被她说中了。

“说花瓶，当然太过分了！”柳哲愤愤不平。

“所以你才一定要参演黎叔的电影，想通过这个机会，证明自己的实力？确实，圈里圈外对黎叔的风评就是不会在演员的演技上将就。”

“哼，我就是要证明——我，柳哲，不是靠脸吃饭的，是靠实力！我不是什么花瓶、小白脸。”

萧琪轻笑着点点头，她突然对面前的人有一点儿刮目相看了。并不是所有人都会在专业能力上有执着的追求，尤其是在已经有足够的收入和地位的情况下。显然，柳哲并没有满足于现状，依然有向上的野心。

“那你当初又是为什么要当演员的？”萧琪好奇地问道。

柳哲被这么一问，奇怪地盯着萧琪：“你怎么了？不是你让我当演员的吗？”

“我？”萧琪一脸震惊地看着柳哲，回想自己什么时候说过这种话。

“是啊，就是你。你忘了？小学的时候。”

“小……小学？”萧琪更觉得奇怪。

柳哲惊讶地说道：“你忘了？你那时候和我说你要去演电影了，还说等什么时候有机会了，让我也一起去试试。”

“那不是小孩子的玩笑话吗？”萧琪完全想不起来自己曾经这么说过。

“那我不管，我就一直记在心里了。”柳哲明显在跟她置气。

萧琪尴尬地笑了笑。

两人的对话告一段落，开始了下午的培训。

晚上结束得比较晚，等到萧琪回到酒店的房间时，已经过了晚饭点。南萧突然地冒了出来：“你对柳哲很感兴趣吗？”

“为什么这么问？”

“很少见到你问别人那么多问题。”南萧酸溜溜地解释道。

“原来说的是这个。”萧琪叹了口气，“可能因为我有点儿迷茫吧。”

南萧静静地听她说下去。

“我突然不知道，我演戏、努力是为了什么了。”

“为什么突然有这种想法？”南萧问她。

一段不属于现在的他的记忆突然跳了出来，这是笔记本中所记录的一段回忆。那时，萧琪接受了他的表白，并决定退出娱乐圈。她说：“我没有目标了。我只想离开这儿。”

萧琪倒头躺在床上，看着明亮的天花板，有些无奈地说道：“我也不知道为什么。可能我一直都不知道自己想要什么吧。”

又是某个训练日。

“你说让我干什么？”南萧正站在一个高高的台子上面，下面是厚厚的垫子。大概在两分钟前，他突然得到了身体的主控权，萧琪在脑海里指挥着他赶紧行动。

“从这儿跳下去。”

南萧站在台子的边上，向下看了看，忍不住咽了咽口水。其实这个台子也就两米左右，还没有一层楼高。闭上眼睛跳下去，对南萧来说也是可以做到的，但……

“记得要做一个前空翻。”萧琪继续补充道。

“前空翻……”南萧脑子里思索了下前空翻这个动作，头摇得像个拨浪鼓，“不可能的，我怎么可能做得到，光跳下去我就腿软了啊，我有一点点恐高。”

“你不是也跟着我训练了这么久了吗？而且我的身体可不恐高。”

来到这里培训已经快两个月了，准确算起来，应该是五十二天了，其间有各种各样的基础训练。中途也有南萧控制身体的时候，他也都十分争气地咬着牙坚持下来了。

“可我没有从这么高的位置做着前空翻跳下去过啊！”南萧强调道。

“昨天你不是还看着我跳了一次吗？”萧琪满不在乎地说。

这个动作，萧琪确实早就做过了，对身体掌控得非常好的她一次就完美地做到了。

“昨天你跳的时候，我都不敢看……”南萧支支吾吾地说。

这时，旁边跳出一个人，在空中划出了一条美妙的曲线，稳稳地落在了下方的垫子上。那人神气十足地转头看着台上的南萧：“站在上面思考人生呢？现在就要放弃的话，就早点儿收拾东西回去吧，角色就交给我好了，反正你本来就没有什么机会的。”

在培训的这段时间里，柳哲和萧琪谁都不服谁，一个比一个练得狠。这可害苦了南萧，他经常已经快支撑不住了，还被萧琪逼着赶上柳哲的进度。

“你快给我跳！”果不其然，萧琪不耐烦地催促道，“下面那么厚的垫子，你死不了！”

“万一我头落地怎么办？比如扭到了脖子导致半身不遂、全身瘫痪？”南萧撇撇嘴，“这毕竟是危险动作……”

“受伤了那也是我的身体，关你什么事啊？”

“我这是在保护你啊。”南萧又回了一嘴。

“我可谢谢您了！你跳不跳！你不跳，我回去就把你的电脑游戏全删了！”萧琪威胁道。

这次来培训，她本不想带笔记本电脑的。但南萧还是偷偷把笔记本电脑塞进了行李箱，理由是他想玩儿游戏，怕培训的夜晚太寂寞，他甚至还带上了用萧琪的钱偷偷买的手绘板。

“我跳、我跳、我跳！”南萧立刻服软了，嘴上这么说着，身体却还是很“诚实”的——他觉得全身僵硬，只好闭上眼，往前一蹿，后背直挺挺地摔在垫子上，发出了沉闷的声音。

萧琪透过南萧的视线看着天花板，对南萧的表现无语。

站在一边的柳哲捧着肚子笑个不停：“你到底怎么回事？哈哈哈，怎么像块钢板一样，这么厉害？”

南萧摔得晕乎乎的，揉着背吃力地站起来，没好气地瞥了一眼这个幸灾乐祸的男人：“笑笑笑，都是你的错，看我有机会不收拾你。”

南萧期待的机会很快就来了。这天，两人一组进行对抗练习。

“记住，你们需要练习的不是真的武术，不是格斗。你们是要培养相互间的默契，熟悉对戏的感觉。你们拍动作戏所需要的不完全是武术动作，而是能够互相带动展现真实的美感……”培训的导师详细地讲了训练的意义。

“不用在意什么动作，尝试着找对方的接招点，兼顾两人的体态，想象一下镜头的位置。”

南萧和柳哲不出意料地分在了一组。南萧心里带着怨气，而且导师说的那些“镜头”“体态”之类的术语，他一概听不懂。他只想好好地教训教训眼前这家伙。

他一棍子砸在了柳哲接招的棍子上，发出巨大的声响。柳哲完全没料到南萧会用那么大的力气砸过来，手里的棍子飞了出去，落到地上。

“你想要我的命吗？”柳哲被这一棍打得心惊肉跳，捡起棍子。

“你干什么？”萧琪也不解地问道。

南萧这时也意识到自己做得有点儿过分了，气势一下子弱了好几分，正犹豫着要不要道歉，柳哲的棍子已经抡了过来。他赶紧拿棍子挡了一下，又是哐的一声，震得南萧两手发麻。

“知道是什么感觉了吧？”柳哲皱着眉头。

导师有些不高兴：“各位学员，一定要记得拍打戏不是耍帅，你首先要对和你对戏的演员心怀敬意。继续吧。”

南萧和柳哲又对了一招，不过这次两人都下意识地收了力。

南萧却并不高兴。如果说之前自己打的那一下，让他觉得自己有些做过头了，那之后柳哲打的那一下，则让他完全没了道歉的想法。相反，他对柳哲的回击很生气——毕竟有可能伤到萧琪的身体。盯着柳哲的眼睛，南萧说道：“你挺有出息啊，那么用力地对一个女人出手。”

柳哲脸一抽，面色古怪地看着南萧，却又有点儿不服输地回道：“你……我……我就没把你当女人。”

南萧又挥出几棍，轻轻重重的，打得柳哲有些心烦。柳哲对距离的判断出现了些微的差错，他的棍子打到了南萧的手背上。

南萧吃痛地松手，棍子立刻飞了出去，不偏不倚地砸到了导师的脑袋。

培训教室瞬间没了声响，导师回过头来，眼里冒着火。

五分钟后，捂着手的南萧和翻着白眼的柳哲站在训练楼外层的露台上——他们两人被导师罚站一小时。

“对不起。”柳哲虽然心里不爽，但看到南萧微红的手背时，还是大大方方地道了歉。

“那句话怎么说来着？道歉有用的话……”他倒是无所谓，但这毕竟是萧琪的身体，南萧并不想接受柳哲的道歉，想嘲讽几句，却又想不起来那句以前听过的台词。

“道歉有用的话，要警察干什么。”萧琪无奈地提醒道，觉得这两个人太幼稚。

“对了对了。道歉有用的话，要警察干什么？”南萧说道。

柳哲无所谓地笑了笑：“怎么，你不接受，难道还打算报警啊？”

“那倒不至于。”南萧想了想，觉得自己挺无聊的。

露台上的风很大，吹得两人都瑟瑟发抖。老天似乎觉得两人还不够惨，天上落下了鹅毛般的大雪，乘着寒风往两个人的身上拼命地打。

南萧把衣服裹紧，拿出手机看了看时间，离罚站结束的时间还早，又回头看了看教室里的情况，导师似乎完全没意识到外面已经风雪交加……

南萧突然觉得风雪小了很多，疑惑地看向风吹来的方向，却看见一件敞开的大衣。

柳哲拉开了自己的大衣，不知什么时候站到了南萧的身后，挡住了大部分的风雪。

南萧往前走了一步，让风雪继续吹打在身上。

柳哲也跟上了一步，继续挡。

于是，南萧又往前跨了一步，继续待在风雪中。

“我不需要你挡风，照顾好你自己吧。”南萧说道。

“我这是发扬绅士风度，为女士遮风挡雪。”柳哲说道。

“我不是女人，不需要，谢谢。”南萧回道。

“我现在把你当女人了，可以了吧？”柳哲无奈地服软道。

南萧白了柳哲一眼，却不知道说什么好……

“阿嚏！”萧琪揉了揉发红的鼻子，头很痛，裹着被子坐在酒店的床上，随手抽了一张纸巾，擦了擦鼻涕，丢到了一边的垃圾桶里——桶里已经积了一堆用过的纸巾了。

“萧琪你听我解释。”南萧满怀歉意地说。

“闭嘴！”萧琪现在一点儿都不想听他说话。

昨天那么大的风雪，她不感冒都有点儿没天理了。

柳哲那小子好像也病得不轻，早上萧琪打电话请假的时候，对面的导师随口说了句“柳哲也请假了”。

头昏脑涨、嗓子疼，萧琪盘算着要不要去医院看看，千万别得肺炎之类的比较严重的病。

传来一阵敲门声，她不用想也知道是游典方，他似乎永远都学不会按门铃。萧琪挣扎着打开门，游典方立刻蹿进房间，嘴上嚷嚷着：“冻死了、冻死了。”

“你来做什么？”萧琪问道。

游典方把一大袋东西放在台子上：“我来履行一个经纪人的责任和义务，手下可爱、重要的艺人生病了，我当然要细心照顾了！宝贝，我给你带了药。”

“天哪，你又哪根神经错位了啊？”南萧说。

游典方奇怪地问道：“怎么这么说？”

本身就很不愉快的萧琪，有气无力地说：“你刚说什么，‘宝贝’？”

“我昨天看小说学的，据说这么说话会很受女孩子欢迎？你们的文化，我得好好补补，比如怎么讨女孩子开心。我刚刚那么说，女生应该挺开心的吧？是什么样的感觉？”游典方眨巴

着眼睛问。

萧琪狠狠地擤了一下鼻涕。

“兄弟，你不应该看恋爱小说学的……”南萧友好地提醒道。

游典方抓了抓脑袋，不死心地问道：“真的没有一点点开心的感觉？”

“没有！”两人斩钉截铁地回答。

萧琪翻开游典方带来的药，各式各样包装的药盒堆在一起，胃药、眼药、消炎药、退烧药……

“验孕棒？”萧琪取出一个长条状的盒子，在游典方的面前晃了晃。

“我也说不清你生了什么病，就和药店的人说是女生不舒服，然后就把他们推荐的药都买了，这样不管这次能不能用得着，以后都可以用！”游典方一脸“快夸我”的自豪表情。

萧琪把验孕棒丢进了袋子，气得直咳嗽，有点儿精神恍惚。

萧琪寻思了半天，还是决定让游典方送她去医院做个检查。她简单地收拾了一下，拿起手机看了看时间，手机屏幕上的日期格外扎眼。南萧察觉到了萧琪的反应，关切地问道：“怎么了？”

萧琪挤出个笑容：“没什么，明天就是平安夜了。”

他们出了门，萧琪坚持坐在游典方的车后座，虽然游典方很希望萧琪能坐在副驾驶座。

“最近楚瑰在干什么？”萧琪突然问道。

“楚瑰在规划沈恩飞的行程活动，可认真了，这两天应该在给沈恩飞拍摄宣传图。我都好几天没见到她了。不过，南萧没和你说什么吧？”

“说什么？”萧琪问道。

“没什么、没什么。”游典方有点儿心虚。

“那张总呢？”萧琪接着问。

“哪个张总？”

“张悠游啊。”

“哦，还在忙公司的事吧。听说他找了个新团队，准备组个女子乐团。”

“那洛大叔呢？”

“这个月初，他又进剧组了，好像是萧导介绍的剧组，据说他第一次出演男一号。”

“男一号？”萧琪有些意外，万年配角洛秦川竟然在五十多岁的时候，终于接到了一个男一号，“是什么类型的剧？”

“这我就不知道了。你好奇的话，要不给他发个消息问问？”

“不必了。”萧琪摆摆手，“那沈恩飞最近怎么样？”

不久之前，她收到了沈恩飞发来的消息，说已经处理好老人的后事回来了。

提到沈恩飞，游典方似乎有所顾虑：“怎么说呢，这次回来以后，感觉他像换了一个人。”

“换了一个人？”

“没以前好玩儿了，现在他整个人都紧绷着，我也说不上来是什么感觉，回头你见到他了，应该能够理解我说的。”

没等萧琪开口，南萧就插话进来，好奇地问道：“萧琪，你还好吧？怎么今天像个操心的老妈一般，把所有人都问了一个遍？”

这段时间以来，南萧可以说是和萧琪朝夕相处。他知道，她不是一个会主动关心别人的人。他倒不是觉得萧琪自私或者太自我，而是她就不会主动去思考这方面的事情。

“没什么。”萧琪迟疑了片刻，“明天就是平安夜了，我想看看大家有没有时间，要不要一起过个节。”

“一起过节？是开 party（聚会）吗？”游典方突然兴奋地

喊道，像是随时都可能松开方向盘。

“好好开车！”南萧和萧琪紧张地喊道。

好不容易到了医院，游典方没有地方停车，只得让萧琪先下车独自进医院就诊。

萧琪下了车，走进医院的大门，看到前方硕大的门诊标识，不由得叹了一口气。又是这家医院，她和游典方第一次见面就是在这里。那家伙该不会就只认识这一家医院吧？萧琪这样想着，晃晃悠悠地向门诊楼走去。

快到门口了，她突然有点儿迈不动脚。

南萧自然猜到了是怎么回事。就是在这里，他见到了萧琪的母亲，这个医院的院长。

萧琪的母亲说：“我没有孩子。”

在幸福家庭长大的南萧到现在都还没想通，是什么原因会让一个母亲说出这么绝情的话。

“病还是得看啊，而且这里是门诊，不会碰到她的。”南萧平静地说道。

萧琪点头，走进了门诊大楼。

因为今天就诊的人非常多，萧琪等了非常长的时间。

医生说，萧琪只是感冒，扁桃体有一点儿发炎，并无大碍。

从窗口取药的时候，游典方的车等在了医院的门口，他开着车在街上游荡了快四个小时，倒是不心疼加油费。

快走出门诊大楼的时候，萧琪又转身折回了里面。

南萧问道：“怎么了？”

“想去洗手间。”萧琪回道。

洗手间排着长队，好不容易从里面出来以后，萧琪又口渴了，跑到位于门诊和住院区中间的小卖部买水。

冬季的白天总是非常短，时间接近五点，太阳已经西沉。萧琪从小卖部出来，慢悠悠地走在医院的小路上，一步一步地踩着结实的石板。她走得很慢，走着走着，突然笑了。

南萧一直没出现，把冬季的晚霞和斜阳夕照的暖意都留给了萧琪一个人。

影子从脚下蜿蜒，越来越长，长长地连到了另一个人的脚下。

萧晴芸站在那头。

萧琪立刻低头，又猛地咳嗽了一阵，缓缓地从萧晴芸的身边走过。

“你病了？”

萧琪听到萧晴芸的声音，紧张地抬起头，看见的是已经远去的女人的背影。萧琪觉得自己像个小丑，在这样的暖阳中，寻求着不可能得到的回应。

她用衣服把自己裹紧，不再犹豫地快步走出医院的大门。

萧晴芸站在高楼投下的阴影之下，一直目送着萧琪消失在人群之中。

萧琪上了游典方的车，说完“回去”，就闭眼睡倒在后座。

她在颠簸中，做了一个很长的梦，醒来后却只记得梦里她好像什么都有，欢笑、温暖、幸福……

她睁开眼睛，发现车已经停在自己的别墅车库中了。

“怎么来这儿了？”

游典方无辜地说道：“你不是说回家吗？”

“我说的回去是指回培训的酒店，谁让你开回来了？”

“今天就在家里休息吧，过两天身体恢复了，再回那儿也一样。现在都快九点了。”南萧说道。

萧琪想了想，叹了口气：“现在确实太晚了。”

她从车上下来，慢慢地走到门口。屋子里黑漆漆的，这才九点，就已经没了灯火吗?

萧琪推开门，打开了客厅的灯。

砰砰，手拉礼炮的声音就响了起来。

“Surprise（惊喜）！”客厅里顿时变得闹哄哄的。

整个房间像是盛开了七彩礼花。张悠游、洛秦川手里拿着拉花礼炮，楚瑰满脸笑意地举着一块写着“萧琪姐生日快乐”的大画板，沈恩飞站在人群的最后面，手里拿着两束气球，他们的旁边放着一个三层的蛋糕。

游典方从萧琪的身后走来，笑嘻嘻地把她推进了屋子，关上了门。

“生日快乐！”大家又齐声喊道。

萧琪呆呆地站在门口，一时没反应过来是怎么回事，直到有人把生日蛋糕推到了她的身前。蛋糕是艳俗的粉色，微微泛出鲜红，看着像是草莓味的。蛋糕的上面有一顶精致的翻糖皇冠，每一个棱角都做得十分细致，皇冠上挂着丝状的白色奶油，皇冠的中间插着做成阿拉伯数字形状的生日蜡烛。

“81？”萧琪看到蜡烛上的数字，木着脸说道。

张悠游立刻几步跑上前，将“1”字转了半圈：“什么81？祝萧琪十八岁生日快乐！”

萧琪捂住脸，双眼有些蒙眬，眼角发酸。近一年来，她确实偷偷地想过，她家里的人越来越多，今年会不会跟往年不同，她是不是有机会过上一个没有程凉生却异常热闹的生日？但她又不想主动提出来开生日派对，甚至关于生日的话题，她都没有参与过。

没想到这帮平时看起来既不靠谱又没良心的人，竟然知道她的生日，并且相聚在这里给她庆生。

萧琪第一次面对这样的阵势，内心深处已经满是感动，说话的声音也有些哽咽："谢谢、谢谢大家。大家怎么知道我的生日的？"

洛秦川说："你告诉我的啊！"

"我告诉你的？"

洛秦川点点头，用手比画着："是啊，那天我躺在沙发上看剧，你从走廊的这头走到那头，路过我身边的时候，说'这女主过生日啊，真好，我的生日就不好了，平安夜的前一天'，说完就马上走开了。"

"跟我遇到的情况差不多……"张悠游摊了摊手。

"我、我、我……"楚瑰跳着举手，"也是你和我说的呀，你忘了？上次我在给一个朋友挑生日礼物，你说你是二十三号生日，还明确要求我不能送你生日礼物。这个日子你说了好几遍，给我的印象特别深刻！"

"我是上次……"沈恩飞刚要说话，萧琪立刻做了一个闭嘴的手势，然后她再一次捂住了脸。

她已经知道是怎么回事了。

"南萧！你给我出来！"

南萧怒骂道："这群人怎么一点儿情商都没有！这种事能在当事人的面前提起来吗？"

"果然是你！"萧琪之前的感动早已烟消云散，这简直就像是她自己厚着脸皮要来的生日祝福。

"我这不是想让你惊喜地过个生日……"南萧有些无奈地解释道，"你看你看，那个蛋糕多好看，肯定很好吃，赶紧许愿吧。"

"这蛋糕不会也是你挑的吧！"

这蛋糕确实是南萧前两天用萧琪的手机，"不小心"发到了大家的消息群里，在确认大家看到了以后，又偷偷撤回了。不过这事，打死他，他都不能说。

南萧像一台卡住了的复读机：“不、不、不、不、不……”

“祝你生日快乐……”众人一边唱着生日歌，一边围了上来。沈恩飞拿出打火机，点燃了蛋糕上的蜡烛。游典方按灭了客厅中的灯。

偌大的客厅又回到黑暗之中，只有萧琪面前的“18”顶着跃动的烛光，映到了她的眼中，有熨帖的温度。

“许愿！许愿！许愿！”洛秦川开始起哄。

萧琪闭上眼，在心中默默地许了一个愿望，睁开眼，一口气吹灭了烛火。客厅的灯又适时地亮起，照亮了每一个人的脸，她将每个人都记在了心里。

游典方开心地鼓掌，笑着说：“那么，接下来就是收礼物的时刻了！”

他这话一出，大家脸上的笑意就像刚才的烛火一般，瞬间消失得无影无踪，尴尬的寂静在客厅中弥漫开来。

“蛋糕是我买的！”游典方伸手刮了一层边缘的奶油，塞到嘴里吮了吮，“味道还不错。”

张悠游的眼珠一转，立刻抓起一旁的礼炮空壳：“这个是我买的！”

洛秦川原本也想拿礼炮，没想到被张悠游抢先，就左摸右摸，从口袋里摸出一个瓶盖交到萧琪手中：“这是今年三百多天以来，我第一次中了奖的瓶盖。别小看这个‘再来一瓶’，这里面包含的可是我这一年的运气，老哥可把这个好运都送给你了啊。”

楚瑰一把推开洛秦川：“你这人真能瞎扯，我都听不下去了。萧琪姐，送你的礼物！”

她从身后拿出一个包装精美的礼盒，里面是一瓶高档香水，散发出淡淡的让人温暖的味道。

看着几个人的表情，萧琪终于笑出了声。她并不在意大家送不送礼物，他们的反应也都在她的意料之中。

张悠游和洛秦川两个老滑头，她也没指望过他们会精心地准备礼物。倒不是说他们有多么抠门，而是他们压根就不会做这种事。

萧琪将蛋糕切开，分了一块大的给楚瑰，谢谢她送的礼物。

沈恩飞一直站在大家的后面，支支吾吾地没跟萧琪搭话，直到她招呼他拿蛋糕，他才下定了决心似的，走了过来对她说道："我也准备了礼物！"

大家都十分惊讶地盯着沈恩飞。洛秦川对张悠游神色夸张地说道："我们之中出了一个叛徒！"

沈恩飞从身后掏出一个小小的深蓝色方盒子，上面没有任何装饰。

"这是……"萧琪看着那个盒子，突然有种不好的预感，"你先别动！"

果然，沈恩飞打开盒子，里面立着一枚金色的戒指。

"啊？"楚瑰看到礼物后，惊讶地叫出了声。

萧琪皱着眉头问道："你这是什么意思？"

沈恩飞抓了抓脑袋："果然戒指不太适合当生日礼物？"

洛秦川上来勾住沈恩飞的肩膀，长叹了口气："兄弟，你是不是太急了点儿，怎么直接送戒指啊？"

沈恩飞看着萧琪为难的表情，立刻泄了气："我没送过女孩子礼物，就问了问我妈。我妈知道是送你以后，就说送这个，你肯定喜欢……其实我也觉得不合适。"

"我都不知道你妈是怕你娶不到老婆，还是怕你能娶到老婆了。"楚瑰探头看了看戒指，"不错，还是真货，下了血本啊。"

萧琪面无表情地看着沈恩飞手中的戒指，冷淡地说道："你收回去吧，我不会收的。"

沈恩飞耷拉着脑袋，收起了礼物，转身要走。

“拿着。”萧琪递了一块蛋糕给他，“礼物没送成，蛋糕还是可以吃的。”

张悠游从旁边凑过来，手里端着个空碟子，他已经消灭了之前分给他的蛋糕：“萧琪，你们艺人要注意身材，不能多吃甜食，我多吃一点儿这个蛋糕，让我尽情地胖吧。”

说着他又要了一大块。

蛋糕不算太甜，在草莓的味道里掺着奶香，入口柔滑。

在所有人都沉浸在蛋糕的美味中的时候，突兀响起的门铃声显得格外煞风景。

萧琪放下蛋糕去开门，甜食给她补充了些能量，身上也有了力气。打开门的一瞬间，她睁大了眼睛，努力保持镇定。

萧晴芸穿着深色的长风衣，站在门口，打着一把黑色的伞，手里的手机屏幕的光微微照亮了毛衣的领口。外头不知道什么时候又下起了雪，凛冽的寒意顺着敞开的房门，慢慢地裹上萧琪的身体。

“你打算就这么站着吗？要么进去，要么出来。外面雪那么大，还是进去吧。”萧晴芸抖了抖伞上的积雪，神情自若地进了房间，留下萧琪呆呆地站在门口。

萧琪感觉精神恍惚，跟着萧晴芸进了屋。

众人见萧晴芸进了房间，都有些发愣。张悠游开口问道：“您是……”

萧晴芸转过头，看着呆站在门口的萧琪，问道：“我是谁？”

萧琪再次对上这个女人的眼睛，对方镜片后的眼瞳中，似乎映出了自己略显慌张的脸。她不明白这个女人怎么会出现在这里。面对张悠游的询问，她又这么自然而然地将问题抛给自己，她想要得到的答案是什么？

“你是谁，我怎么知道？”

“你真不知道？”那双冰冷的眼睛看着萧琪。

萧琪又回忆起很久很久以前的那个面对这种眼神瑟瑟发抖的小姑娘。小女孩儿害怕回答问题，害怕答错后母亲流露出失望的神色，怕得要命。

“为什么会有你的存在？”眼前的这个女人，曾经这样残忍地质问过那个年仅六岁的小女孩儿。

萧琪不想回想这些已经被丢到记忆角落的东西：“我就是不知道。你来这儿干什么？”

众人似乎都察觉到了两人之间的微妙关系，洛秦川拽了拽张悠游的衣服，使了个眼神。张悠游心领神会：“啊呀！时间这么晚了，明天还要早起工作，大家赶紧洗洗睡吧！都回房间、回房间。”

洛秦川立刻伸了个大大的懒腰，打了个哈欠：“困死了，老头子经不起折腾，睡了睡了。”紧接着，他把在一旁有点儿紧张的沈恩飞往房间里拽。

自从萧晴芸进来以后，看着她们的互动，沈恩飞就担心萧琪，想开口询问情况。结果洛秦川手一扬，捂上了他的嘴：“我说恩飞小兄弟，我今儿个腰好酸。兄弟一场，帮我按摩按摩吧！”

张悠游则拉上想看好戏的游典方，塞了顶帽子给他，然后对萧晴芸说：“你们慢慢聊，我带着这个实习生先回去了。萧琪，今儿个打扰了。”

游典方不肯走，嚷嚷着：“你要拉我去哪儿？我就住这儿……”

但他话还没说完，就被张悠游拉进了屋外的大雪中。厚重的大门在他的面前，咔嚓一声上了锁。

“我们去哪儿……”游典方有点儿傻眼。

他本身就怕冷，身上也没穿件大衣，将张悠游塞给他的不知道是谁的帽子，死死地扣在了脑袋上，期望能暖和点儿。

张悠游摊了摊手："我怎么知道你去哪儿？你随便呗。"

一屋子的人，没几分钟，就散得一干二净。偌大一个客厅，就剩下了萧晴芸和萧琪两人。

"你到底来干什么？"萧琪皱着眉头。

萧晴芸冷笑一声，扶了扶眼镜："这你怎么也问我？我还想问你呢。"

"问我什么？"萧琪觉得很疑惑。

"你为什么今天要叫我过来？"萧晴芸问道。

萧琪吓了一跳，心里却隐隐有了猜测。

萧晴芸抖出一张纸条："这是医院的电话留言记录，前几天你打电话到医院，让别人给我带话，说希望今天我来这个地址，留的是你的名字。"她说着环视这间屋子，"这房子是你租的？"

"我可没给你打过什么电话。这房子是我的。"

"你的？"萧晴芸一脸的不相信，"就你演戏的程度，供不起这种屋子。算了，我管不着。我比较好奇为什么在今天——平安夜前一天，你找我过来是为了什么事？"

萧琪的表情僵住了："你不记得今天是什么日子了？"

"不记得。今天是什么日子？"萧晴芸回答得很快。

萧琪咬着嘴唇，甚至尝到了血腥味，她一字一顿地说道："今天是我的生日。"

萧晴芸的脸上闪过一丝慌张，深吸一口气把头转向了另一边："原来是这样啊，我都忘了。"

"呵呵，我在想什么呢？你怎么会记得今天是什么日子，你从来都没在意过我，你从来没给我买过什么生日蛋糕，也从来没和我说过生日快乐。我想想，在你的眼里，今天并不是我的生日，而是你极力希望忘记的受难日吧？”萧琪越说越无力，最后靠着沙发坐了下来。

感冒低烧，加上低落的情绪，她全身都没了力气。

“你赶紧走吧，我没给你留过言，也没叫你今天过来，我不知道是谁的恶作剧。你早点儿离开吧。”萧琪面色苍白地继续说道。

“生日快乐。”萧晴芸突然说道。她把包放到一边，在萧琪身边的位置上坐下来。

萧琪听着这声祝福，顿时失了方寸：“你现在……现在说这个是什么意思？”

“上次在医院碰到你以后，我就在思考我以前的行为。我说实话，年纪大了，人就变得多愁善感了。你那天在我眼前哭泣的样子，在这几个月里不断地出现在我的眼前，我突然意识到自己好像说了非常过分的话。”萧晴芸似乎脱去了身上带着尖刺的铠甲，脸上泛出了中年人的沧桑。

萧琪蜷缩着双脚，把头埋在膝盖里：“我没有哭。”

她知道萧晴芸说的是上次的事。那次她和南萧不小心听到了萧晴芸和同事的对话。也是那次，她听到了那句“我没有孩子”。

“你的出现打乱了我人生的所有规划，还有你爸爸的事……一直到你出生，我都对你的存在无所适从。为什么我要那么辛苦？为什么我要照顾你的成长？为什么我不能有私人时间？为什么我会因为你的存在而在工作上被歧视……太多太多的负面情绪一直占据着我的脑子，我完全感受不到对你应该有的爱。我不知道自己是不是爱你的，我其实很害怕，害怕自己非但没办法爱你，反而会对你造成伤害。”

“所以，这就是你从来不关心我的理由？”萧琪反问道，“冷漠也是一种伤害。"

"我关心过你。"萧晴芸回道，"我不希望你去演戏，不希望你进娱乐圈。"

"但你从来没和我说过为什么！"

"因为你的父亲。"萧晴芸转过头来看着萧琪，眼神中已经完全没有了曾经的锐利，"我想了很久很久，有些事情，终究还是得去面对的。而且，最近也发生了一些事，我也想通了很多。"

"我的父亲，你可从来不愿意在我面前提起他。他到底怎么了？"

"他是个彻头彻尾的理想主义者，和我这种想法比较现实的人完全是八字不合。但在很多时候，坠入爱河的人是盲目的。热恋期的我总觉得他身上有一种看不见的魔力，能够时刻抓住我的目光。他为了梦想会不停地努力狂奔，永不气馁、永不后退，我能从他的身上感受到足够的动力和快乐，去面对生活中的一切困境。"萧晴芸沉浸在回忆中，嘴角弯起一个浅浅的弧度。

"那他人呢？"萧琪第一次看到萧晴芸露出这种表情，不免有些触动。

"他离开了，在我怀孕四个月的时候。你的出现，对他来说不是喜讯。他很害怕，害怕你会让他的人生变得平淡和庸俗，让他每天都想振翅高飞的梦想变得虚无、遥远，让他重新落回地面，让他不得不面对柴米油盐，像一个他以前最讨厌的那种世俗的男人。他留了一张纸条，就跑了。"

"这人还是男人吗？太不负责任了。"南萧的声音突然在萧琪的脑海里响起。

"和你有什么关系？！闭嘴！"萧琪又把南萧骂得缩了回去。

"你知道他去哪儿了吗？"萧琪第一次对萧晴芸生出了一丝

理解，这些事情都是在她之前的漫长的人生中，萧晴芸从未对她提起的。

“他跑去实现他自己的远大梦想了，可能直接跑到国外去了。”萧晴芸无奈地说道。

“什么梦想？”萧琪追问道。

“当一个世界知名的演员，拍一部流芳百世的作品。”萧晴芸的话语中，满是嘲笑与不屑，眼神又锐利地看向萧琪，“你和他果然是父女。”

“父女”是什么呢？萧琪抬头看着天花板上的水晶吊灯，琢磨着这个二十几年来对她来说没有半点儿存在感的词。仔细想想，“母女”好像也差不多。

在这个瞬间，萧晴芸有种抱住女儿的冲动，她努力遏制住了这种心情，把目光移向了别处。

“为什么今天要过来对我说这些？”

萧琪并不傻，她已经感受到了萧晴芸的态度变化，心底甚至不争气地生出了一些柔软。她知道，在维系母女关系这个问题上，责任终究不只在萧晴芸一人。

“前段时间，我得到了他的消息。原本我对他的消息早就没了任何兴趣。只是带来这个消息的是你的舅舅，我还是去见了你舅舅一面。”

“我舅舅？”萧琪从小到大都不知道还有这么一个人存在。

“嗯，他是我的亲弟弟。”萧晴芸叹了口气，“要理清整件事，花的时间会有点儿长，你有兴趣听吗？既然已经说了那么多了，就趁着这次机会，把所有的事一次性说清楚吧。”

萧琪假意掏出手机看了看时间，有些不情愿地说道：“反正也没什么事，本来打算洗洗睡了，我就当作睡前故事听听吧。”

“平时的你想听就会直说，今天怎么这么拐弯抹角的？还撒

起娇来了？”南萧对萧琪说。

“有水吗？”萧晴芸问道。

萧琪指了指客厅中的冰箱：“里面有。”

萧晴芸皱了皱眉头：“冰水？”

“不然呢？你要喝热水的话，自己烧，水壶在厨房里。”

萧晴芸起身烧了一壶水，将水壶插上电源后，又坐回沙发上：“你父亲和你舅舅认识得很早，比认识我还早。他们两个性格相仿，志趣相投，一直以来都是很好的朋友。甚至我和你父亲都是通过你舅舅介绍认识的。在你父亲追求梦想的这件事上，你舅舅没少出力，甚至最后他们两个一起抛下一切走了。你舅舅是我们家里的掌中宝，在你外婆外公的眼里，他比我重要多了。他和你父亲失踪以后，也是我和你外公外婆决裂的开始。”

萧琪回忆起自己的童年时光，也算是明白为什么自己几乎没见过家里的长辈，外公外婆、爷爷奶奶在她的记忆中根本没有任何印象。

她一直很孤独，渴望随便来一个什么人带着自己离开。因此，当程凉生出现在她的面前时，她毫不犹豫地牵上对方的手。也是因此，她从程凉生对她的爱惜里，感受到了来自长辈般的温暖。后来，情窦初开的她轻易地沦陷了。

现在又何必想那么多，萧琪甩了甩自己的脑袋，再次专注于萧晴芸的故事上。

“所以前段时间，当他出现在我的医院，要求见我的时候，我还是放下手上的工作赴约。也是你舅舅，带来了关于你父亲的消息。他们俩离开家以后，就去了国外，想在好莱坞混出点儿名堂。你爸想成为流芳百世的演员，而你的这位舅舅想成为名扬天下的导演。演员和导演，听上去他们两个才是绝配。”

“那关于我父亲的消息是什么？”萧琪问道。

萧晴芸的眼神黯淡了："他们跑到好莱坞，寻找成功的机会。慢慢地，他们也开始获得一些机会，你爸在当地的亚裔演员中还算突出，获得了一次大制作中的一个龙套角色——这对他来说是非常重要的机会。"萧晴芸回忆起弟弟坐在她的面前，痛哭流涕的样子，"那是一场飙车的追逐戏。按照剧情，你父亲驾驶的车会被主角的车顶到路边。那天的天气很差，从拍摄开始就阴云密布，时不时地下小雨，路面湿滑。拍摄的过程中，发生了严重的意外。你父亲的车在遭受主角的撞击之后，并没有在路边停下来，而是打了滑，撞开了围栏，跌下了山涧。"

"所以……"萧琪想到了结果，依然问道。

"这是他人生的最后一场戏，已经过去十几年了。"萧晴芸神色平静地说。

"嗯。"萧琪点点头。

"节哀。"南萧哀伤地安慰道。

"你在难过什么？"萧琪觉得奇怪，"我都没什么感觉。我从来没见过他，不知道他长什么样，也没听过他的声音，我难过不起来。"

南萧听着萧琪的话，有些语塞："对所有人来说，失去父亲都不是件好事。"

"但很遗憾，我并不需要这种安慰。"

"你不问后续的情况吗？"萧晴芸看着脸色平淡的萧琪，问道。

"那后续是怎么样的？"萧琪一板一眼地问道。

"一个不在公众视野上的亚裔小演员，还可能是个黑户，并没有多少人关注他的生死。剧组为了不节外生枝，影响整体的拍摄进度，就支付了一笔数目可观的赔偿费给你的舅舅，这事就这么算了。真的很讽刺，一个渴望得到世人关注、名满天下的人，最后连死都没有上新闻。”萧晴芸的话说得很不客气，语气中却充满了惋惜和淡淡的哀伤。

“你还是在意他的吧？”萧琪听着萧晴芸的话，确认道。

“在意他什么？在意他丢下怀孕的我，自私地追求梦想？还是在意他带走了你舅舅，让我的整个家庭都没有安宁？还是在意他留下我心力憔悴地独自抚养你？”萧晴芸的脸上佯装出了恨意，“我内心深处可不止一次地咒他去死。”

“他真去世了，你也并不高兴。”萧琪说道。

“真的很奇怪，不知道他的消息时，满脑子都是他的恶。但自从知道他已经不在人世了，这段时间在我眼前出现的都是他的好。他改变了我的生活，改变了我的人生轨迹。”

“所以我说，你还是在意他的。”

萧晴芸点点头：“也是他告诉我，女人和男人一样，应该去追求自己想要追求的事业。所以当那个程凉生出现的时候，我其实松了一口气。”

萧琪笑了笑：“你骗人。那时候你就是因为我走演员这条路，而要和我断绝母女关系。”

“因为演员这一行让我想到你的父亲，当时我对你的父亲只有痛恨。现在想来，我迁怒到你的身上，也迁怒于你的选择。这是我的错，我要向你道歉。”

萧琪看着在自己面前道歉的人，觉得十分不可思议。二十几年了，第一次听到这样的话，她竟然感受到了温暖。

“所以你觉得他是不是个好人？”萧琪也不知道自己怎么会问出这样一个问题，也许她是想尽快地转移话题，害怕自己被眼前的女人感动。

“好人？”萧晴芸苦笑，“我还以为你要问他是不是个好丈夫，或者好父亲。显而易见，他在这两个身份上都是不及格的。

不过，他却是个善良正直的人。”

“对不起妻子、对不起女儿、对不起老人，还能是个善良正直的人吗？”萧琪对得到的回答也显得惊讶，忍不住反问道。

“能。”这次萧晴芸的回答很简洁，也很坚决。

“你还是爱他的。”萧琪只能这么解释自己听到的，也只有真爱，会去包容一个人所有的缺点，只看到一个人的好吧。

热水烧开的声音响起，萧晴芸站起来，倒了一杯热水，放在萧琪的面前，又从袋子里拿出了两盒药：“时间不早了，早点休息。这药睡前吃。”

“那个……”萧琪犹豫着站起身，看着站在门口准备离去的女人。

“怎么？”萧晴芸转过头来，问道。

萧琪别开脸：“没什么，你走吧。我过两天可能还要去看病。”

萧晴芸点点头：“记得来复查。”

门在萧琪的眼前打开又关上，外面的雪趁着间隙飘入了屋内，又在温暖的地板上化成了纯净的水。萧琪捧着那杯热水，小心地喝了一小口，暖意顺着喉咙进入胃里。但她知道，雪花容易化水，沉积了十几年的冰层，却没那么容易完全化开。

床头的小闹钟的指针已经指向了凌晨一点，萧琪仰躺在床上，睁着眼睛看着天花板上仍然没有取下来的黑白手绘。

“南萧，你在吗？”

整个房间静得只能听到秒针走动的声音。过了好一会儿，南萧的声音才出现：“在。你该睡觉了，身体还没好。”

“是你吗？”萧琪继续问道。

南萧沉默了一会儿，打着哈哈道：“什么……是我？当然是我啊，哈哈。除了我以外还有谁会住在你的脑子里吗？”

“什么时候给她发的消息？我没兴致和你开玩笑。”萧琪眨了眨眼睛，天花板上的“加油”二字依然清晰可见。

南萧也顺着萧琪的视线，看着那幅画，有些心虚地说：“上个月……”

他其实一直很在意萧琪和萧晴芸之间的关系。自上次在医院撞见萧晴芸以后，南萧就一直在想能不能缓解母女二人之间的关系。他好不容易等到了萧琪的生日，想把握住这个机会。

“你最近自作主张做的事情很多啊。”

“我就想让你好好地过个生日。”南萧说道，“如果让你难过了，我道歉，对不起。”

萧琪揉了揉疲倦的眼睛，揉着揉着，笑出来：“我接受你的道歉，下次别这样了。”

南萧知道萧琪没有生自己的气，放下了心中的一大块石头：“喳，小的领命。”

“喳什么喳，你是太监吗？”萧琪被逗乐了。

“那你想当贵妃呢，还是当皇后呢？”

“怎么，我就不能当个女皇吗？一定要侍奉男人？”

“行嘞，女王大人，请尽早歇息，您还病着呢。”

“我睡不着。”今天萧琪的脑子里塞进了太多的事情，她一直回想着。

与萧晴芸略微缓解的母女关系让她内心深处不禁升起了些许的喜悦。

“你在想你的父亲？”南萧问道。

萧琪摇摇头：“我为什么要想他？”

“你恨他？”

萧琪感觉不到恨。

“我觉得说不上恨，一个从来没出现在你生命中的人，又怎么会让你有感情？”

“我相信如果有机会见到你，他应该会乞求你的原谅吧。”南萧说道，“毕竟是他丢下了你们，放弃了父亲的责任。”

“你不用这样安慰我，他不需要我的原谅。”萧琪顿了顿，“他舍弃一切去追求自己的梦想，从这个角度来看，他又没有什么错。我对他有没有履行责任，或者有没有身为父亲的自觉并没有太大的兴趣，我只好奇一点。”

“好奇什么？”

“是什么样的梦想才会让他舍弃妻儿、不管不顾地冲了出去。沈恩飞也好，柳哲也是，他们在说起自己的决心和目标的时候，我都能明确地感知到那种执着——一种能够支撑着他们不断走下去的动力，但我却不知道我的动力是什么。”

萧琪回想着自己的人生，一个个选择和转折如走马灯一般浮现在脑子里。最初答应跟程凉生签约，是因为孤独又叛逆的她，感受到了久违的关爱。之后她坚持是因为不想辜负程凉生的期望，害怕连这一点儿爱都失去。再接下来支撑她的是不甘——不想就这么被公司抛弃，想要重新证明自己。

她自己喜欢演员这个职业吗？在之前的人生里，她从来没有认真地考虑过。

“我并没有特别在意这份工作，能够完全离开这个圈子，我反而如释重负，所以你不用担心我。”在南萧从笔记本中得来的记忆里，那个成为他妻子的萧琪曾经对他这么说过。

此时，南萧也陷入了迷茫，他的任务就是帮助萧琪在演艺事业上获得成功。但萧琪已经在这件事上动摇了，他应该怎么办？

房间再次归于寂静。萧琪用被子将自己牢牢裹住，不留一丝空隙，蜷缩在床上。

这场感冒一直持续了快一周，已经在家歇了六天的萧琪，早上坐着游典方的车，回到了培训的场馆。

萧琪打发走游典方后，回酒店换好运动服，下楼准备去往培训地。下了楼，酒店旋转大门的外头，站着一个戴着帽子、口罩的瘦高身影，脑袋后面扎起来的小辫子在空中一晃一晃的，很容易认出来。

萧琪走出门，来到柳哲的身后，问道："你在这儿干吗呢？"

柳哲并没有被吓到，有些没好气地说道："你们女人下楼都这么慢吗？"

萧琪觉得奇怪，她又没和柳哲约时间："你在等我？"

柳哲有点儿尴尬地往前走去："快，快点儿走，已经迟到了。"

萧琪笑了笑，迈着步子跟在后面："今天的天气不错啊，阳光很好，天也够蓝，万里无云。"

她抬头看着阴沉沉的天，吹来的风还带着刺骨的寒意。

"你病糊涂了？这哪儿来的阳光，哪儿来的蓝天，这云黑压压的，还万里无云？"柳哲不确定地抬头看了看。

"你看不到吗？"

柳哲转过头，狐疑地看着萧琪，再次抬头看了看。

阴云密布，寒风刺骨。

"你看，那边的太阳照过来，暖洋洋的，好舒服。"萧琪仿佛在晒着暖阳，舒舒服服地伸了个懒腰，脸上挂着满足的笑容。

这表情、这动作看得柳哲一愣一愣的，他又看了看天空，有些犹豫地伸出手，冷风从指间穿过，冻得他缩回了手。他瞪大了眼睛，盯着萧琪问道："是我有病还是你有病？"

"哈哈哈，笑死我了。"萧琪捂着嘴，全身抖个不停。

柳哲立刻反应过来是萧琪在整他，说道："好玩儿吗？"

"那你说，你怎么知道我今天在酒店？"萧琪突然问道。

“我早上正好看到你的经纪人开车送你啊……”柳哲气呼呼地说，说完又觉得有点儿不好意思。

“所以你在楼下等我下来？要是我今天只在酒店休息呢？”萧琪见柳哲这副样子，突然有了坏心眼儿。

“谁说我在等你啊，你下不下来和我有什么关系？”柳哲还在嘴硬。

“那你干吗待在门口不走啊？”

“我刚刚是站在那里等我的粉丝离开，我怕被他们认出来。”柳哲一本正经地说道，“我这样的人，上街都是非常小心的。”

“哦，这样啊。”萧琪点点头，“那你也没什么话和我说？”

“没……没什么。”柳哲突然有点儿慌张。

萧琪摇摇头，摊开双手，耸了耸肩，不屑地说道：“难怪你要来这里培训了。”

“怎么？”

“演技真的很差。”萧琪眼神中略带惋惜地看着柳哲。

柳哲的脸一红，赶紧拉好口罩，将口罩戴得更严实：“这……这又不是在拍戏，我拍戏的时候自然会入戏啊！……真的很差吗？”

萧琪狠狠地点了点头。

柳哲像被霜打了的茄子一样，蔫了。他认输地说道：“我其实想和你道个歉。”

“道什么歉。”

“那天要不是我和你生气，我们也不会被罚站，你也不会感冒生病了。”柳哲态度真挚。

他竟然还记得这回事。这次生病的原因，确实和柳哲有关系，不过另一个逃不掉的人是南萧。还好在这段生病的日子里，她经历了很多难忘的事情，想起来也不算是单纯的祸事。她乐呵

呵地说道："没事没事，我还以为你背着我做了什么见不得人的事情。"

之后的培训进展得很顺利——除了大家身上日渐增多的淤青，和一天比一天酸痛的肌肉……

转眼就到了二月底的新年，培训老师也给大家放了假，让大家都回家过年。往年，萧琪都孤零零的一个人在别墅中度过。本以为今年家里来了那么多的住客，应该会热闹点儿，结果临近年三十的时候，住客们一个一个都离开了。

沈恩飞今年得回家，这是他离家出走后，第一次可以回家过的年，萧琪也不想他待在这边。虽然他本人表示无所谓，期望能够留在这里，但依然被萧琪赶回了家。

而张悠游说了句回老家了，就消失得不见人了，洛秦川也是一样。少了最闹腾的三个人，家里瞬间又冷清了。楚瑰就是本地人，过年自然也得回家。

而萧琪，其实有南萧的那层关系，她本可以去南萧的父母那里过年。但萧琪仍然觉得那样做有点儿鸠占鹊巢的意思，不肯去。

除夕夜那晚，当午夜的烟火在深空中绽放，喜庆的鞭炮在静夜中响起的时候，萧琪只能坐在客厅的沙发上，想象那转瞬即逝的烟花，听着连绵不绝的爆竹声。当然，她并不孤单，南萧依然清醒地陪着她。

"我即使是做梦都梦不到这样的情节。打死我我都想不到，今年的除夕夜，我会是以这种方式度过。"萧琪在心中感慨道，电视中的节目已经到了高潮，喜庆的红色成了主旋律。

"怎么想，都是我比你惨一点儿。"南萧以为萧琪对现在的情况感到失落，就跟她比起谁更惨来，"去年的这时候，我可从来没想过接下来的一年，我会连身体都没有了。你看，你好歹还有自己的身体，又有我在你体内为你保驾护航，在你休息的时候，我还能照顾你。你一点儿都不惨。”

萧琪却摇了摇头：“这件事情刚发生的时候，我觉得自己是倒了八辈子血霉，才碰到了这样令人匪夷所思的事。不过，这大半年都过去了，除了脑子里一直有只苍蝇嗡嗡吵个不停，其他也算是习惯了。”

“你说我是苍蝇？”

“要么马蜂？”萧琪问道。

“为什么不是蜜蜂啊？马蜂，听着就觉得脸很长。”

“你现在本来就没有脸，怕什么长不长的？”

“我现在的脸就是你的脸，你要说自己是马蜂脸，我也就认了呗。”

“幼稚。”

“怎么光说我幼稚啊，这可是你先起的头！”

萧琪无视南萧，伸手捋了捋自己的头发。柔顺的触感顺着手掌，传递到了心里。这一年，真的发生了好多事，生活中进来了很多人。南萧、沈恩飞、张悠游、洛秦川，还有离开的程凉生。

“谢谢你陪在我身边。”萧琪突然说道。

南萧还以为自己听错了，倒有些不好意思了。

“怎……怎么突然这么说？”

“回想了今年发生的一些事，有些时候多亏了你，我才能坚持下去。”

被这么夸奖，南萧语无伦次起来：“应该的嘛，哈哈。而且我能帮到你，也挺好的！毕竟，我也经历了很多从来没经历过的事，我也谢谢你才行。”

“好了好了，你也不用勉强自己说这些话的。”萧琪笑着回道。

南萧只能傻笑。

手机嗡嗡嗡地振动了几声，连续收到好几条祝福消息。

楚瑰："萧琪姐，新年快乐！永远年轻！"

张悠游："各位新年快乐！本人张悠游在这里祝……"

以下省略一百字，一看就是不知道哪里复制过来的群发消息。

洛秦川："各位新年快乐！本人张悠游在这里祝……"

这人直接复制了张悠游的，连名字都没有改……

沈恩飞："今年老子的目标是让你做我的女朋友，请做好准备。哦，对了，新年快乐。"

陈瑞安："萧琪前辈，新年好！过去的一年感谢您的照顾！在新的一年中，请再次多多指教！"

出乎意料的是柳哲也发来了消息："哟，新年好！"随即，又补了一条，"刚那条是专门发给你的，不是群发哦。"

萧琪笑着把手机放到一边，也不打算一一回复，但迟疑了一会儿，还是拿起手机翻到了萧晴芸的名字，犹豫再三，还是发了"新年快乐"。

"新年快乐。"南萧认真地祝福道。

萧琪点点头："新年快乐。明天去看看二老吧。"

南萧顿了顿，十分感激地说道："嗯。"

当晚大家都熟睡了以后，萧琪的手机又振动了一下，屏幕亮起，显示一条来自洛秦川的消息："各位不好意思，刚才的手机被人拿错了，所以不小心误发了祝福。我已经教训过拿错的人了，现在郑重地给大家拜个年……"

这个年过得很快，转眼又到了二月底，寒假在学生们的一片哀号声中结束了。

新学期伊始，萧琪和沈恩飞之前参与拍摄的《乐克乐克的花季少女有烦恼》在国内最大视频网站作为网络大电影上线。它原本是打算走院线的，最后还是以这种方式和大家见面了。这其中的原因，萧琪并不知道，也没有多问。

她本就对《乐克乐克的花季少女有烦恼》的期望不高，这片子的剧情就跟名字的感觉一样，基本全是青春文艺片的惯用套路。更何况在这之前，她完全没有看过萧祈安导演的其他作品，所以她内心深处其实一直把萧祈安当作一个新人导演。又由于档期调不开，之前萧祈安组织的剧组内部观影会她也没有办法抽出时间参加。

所以在网络上看这部电影，是她第一次完完整整地把它看完。成品的品质高得让她难以相信，成熟的剧本节奏把控、熟练的镜头运用和节奏强烈又极度符合观影体验的剪辑，配上后期渲染的明亮色调，让整部片子很容易在观众的脑海中留下佳作的烙印。这不是一个新人导演能够拍出来的片子，或者说，这片子有着萧祈安鲜明的个人风格，不同于萧琪参演过的其他剧作。

这部片子在整个电影市场中并没有激起多大的波澜，但依然引起了不少观众的注意，萧琪的感觉可能还不明显，这段时间最出挑的是新人演员沈恩飞，他在剧中的饰演的“大哥”得到了不少人的认可——

“哇，和我读书时碰到的小混混儿简直一个样。”

“佩服演员的演技啊。”

“长得也挺帅的，他是我的菜了。”

沈恩飞为此还特地注册了社交平台的账号，看着每天都增加的粉丝数量，乐得合不拢嘴。他甚至抽了一天时间，跑到萧琪的培训地来找萧琪吃饭。

这天的黄昏时分，萧琪结束了一天的训练之后，在场馆外看到了一脸美滋滋的沈恩飞，手上还煞有介事地捧着一大捧玫瑰花。

“你在这里做什么？”萧琪看着这个二愣子，知道他又要做一些偏离正常思维的事了。

沈恩飞满脸自信地挑了挑眉，然后特意压低了声音，说道：“等你。”

“等我做什么？我和你没有约吧？”萧琪甚至打开了行程记录，仔细地看了看。

沈恩飞摇摇头，勾起嘴角，继续用带着磁性的低音说道：“给你一个惊喜。”

萧琪深吸一口气：“你的嗓子坏了吗，能不能好好说话？”

沈恩飞似乎完全没有听出萧琪话里的不耐烦，将手中的玫瑰往前一递：“花，送你的。你还是这般美丽，只有玫瑰才配得上你。”

“呃……”南萧都看不下去了，“今天这人是怎么了？”

萧琪没有去接沈恩飞的花。

旁边突然伸出一双手，从沈恩飞手中接过了花：“哇，你真是破费了，我都不知道我有男粉丝。”说话的是刚从场馆里出来、脸被遮得严严实实的柳哲。

沈恩飞一愣，含情脉脉的模样转眼就破了功，伸手要把花拿回来，恶狠狠地问道：“你是哪儿来的，谁啊？我怎么可能会是你的粉丝，你做什么白日梦？”

哪儿知道柳哲还是掐着花不放，一脸惊讶地问道：“你居然不知道我是谁？”

沈恩飞一脸恼怒：“我为什么要知道你是谁？”

两人的手同时抓着那一捧花，陷入僵持状态。萧琪无可奈何，看着两个人，丢下一句“我要回酒店去洗澡”，转身离开了。

沈恩飞立刻用力地拽着花跟了上来，柳哲也不甘落后地扯着花跟在旁边。

“你干吗跟着我们？”沈恩飞奇怪地问柳哲。

“我们回酒店，你跟在屁股后面干什么？”柳哲反击。

两人吵闹了一路，一直到了酒店的大堂，两人的手里还拉着同一捧花。

萧琪转身看了看两个人，盯着沈恩飞说道：“大堂等着。”

“哦，好。”沈恩飞反应过来萧琪是在对他说话，立刻点头答应。

旁边的柳哲笑嘻嘻地松开了手，朝沈恩飞挥了挥，钻进了电梯：“拜拜，我也上去了。”

沈恩飞气得把玫瑰直接摔在了已经关闭的电梯门上。

他们的晚餐在酒店周围的一座商场里解决，沈恩飞自顾自地指定了一家火锅店，表示被楚瑰逼得太紧，已经很久没开荤了，想趁今天好好地吃一顿。

萧琪本来是不会来吃火锅的，天知道她为了保持身材付出了多大的努力，一顿火锅简直会让她前功尽弃。但换成南萧做决定的话，吃不吃就另说了。

最近一直遵循萧琪的饮食规则，南萧嘴里早就淡得没味了，在沈恩飞“只在今天放纵一次”的教唆下，本就微不足道的自制力早就不知道飞去了哪里。不顾萧琪的强烈谴责，他戴上口罩就跟着沈恩飞走了。

难得放松一次，面前又坐着一直想追的女人，今天的晚餐对沈恩飞来说应该是非常美妙的时光。然而事实上，沈恩飞从在店里坐下来开始就铁青着一张脸。

沈恩飞很不友好地盯着坐在另一侧的男人。

柳哲戴着帽子和墨镜坐在一边，热气已经完全糊住了他的镜片。

“我去拿酱料。”南萧丝毫没有发现两人之间的微妙气氛，乐呵呵地去了自助酱料台。

沈恩飞一把扯下柳哲的墨镜，十分严肃地说道：“我第一次碰到你这么厚脸皮的人。我请萧琪吃饭，你这个木头桩子跟过来干什么？”

柳哲毫不示弱地反驳他：“见者有份。别以为我看不出你正在打萧琪的主意。我告诉你，我是跟她从小一起长大的同学，我有义务帮她筛选男人。”

沈恩飞轻蔑地看了柳哲几眼：“一起长大？之前我怎么没见过你？我还以为是什么身份呢，原来只是同学而已啊。”他刻意地加重了“同学”两个字，然后指了指自己，“萧琪和我，可是师徒关系，懂不懂？”

柳哲哼了两声以示不屑：“原来是徒弟啊，萧琪这几年看人的眼光有点儿问题，怎么会收你这种人当徒弟？”

沈恩飞瞪着眼睛凑近柳哲，额头上暴起青筋：“你再给我说一遍试试？”

柳哲直起身，瞪着沈恩飞：“怎么，你还敢在这里撒野不成？”

南萧笑嘻嘻地端着料碟回来，看见两人的脑袋都快顶到一起了，也没当回事：“你们干吗呢？”

沈恩飞和柳哲都不想再给萧琪留下坏印象，顿时慌了，结果额头结结实实地撞了一下：“痛！”两人捂着各自的额头跌回到座位上。

“你们傻了啊？”南萧有些无奈地放下料碟，“都开始上菜了，还不去拿酱料吗？”

沈恩飞捂着头，说道：“我去拿。”

刚起身，余光看到柳哲依然坐在座位上，他马上放缓了脚步，观察对方的动作。

柳哲摇摇头：“我清汤烫蔬菜就行，酱料之类的口味太重，对身体不好。对演员来说，身体是一切的本钱。”

沈恩飞的耳朵动了动，“演员”“身体”这些词飘进了耳朵，他四肢僵硬地转过身，又坐了回去。一方面他不想让柳哲和萧琪有单独相处的机会，另一方面他和柳哲一样都是演员，他可不想在这家伙的面前败下阵来。

南萧并不知道沈恩飞的心理活动，有些奇怪：“你怎么了？不去拿酱料了？”

沈恩飞不自在地扭了扭脖子：“我也清汤烫点儿蔬菜就好了，演员嘛，还是要对自己的身体负责的。这就是你一直教导我的职业精神，对不对？”

南萧有些尴尬地举着手中的筷子，筷子上夹了一片雪花牛肉。沈恩飞都这么说了，加上柳哲默不作声地坐在一边，南萧觉得自己突然成了这桌的怪胎。听到“职业精神”这几个字，南萧都不知道该不该涮这片牛肉……

萧琪冷笑道：“难得沈恩飞这么不靠谱的人都有这样的觉悟，我看你吃不吃得下这片肉。”

南萧迟疑了片刻，对萧琪说：“没错，我也不能一直这么放纵自己，毕竟身体不是我一个人的。”

南萧这是开窍了啊，萧琪心中不由得有些欣慰。

“所以从明天开始，我一定规规矩矩地按照你的要求饮食，今天算是我最后的放纵晚餐了！”南萧说罢，就毫无愧疚地把肉放进了冒着红油的辣锅里。

沈恩飞在清汤里涮了片白菜，咬了一口，淡而无味，眼珠不

断地瞟着南萧。南萧正吃得热火朝天，脸上微微冒出的细汗和嘴角的红晕都宣告着红汤的美味。沈恩飞咽了咽口水，又转头看了看柳哲。柳哲很淡然地吃了片白菜，细细地嚼着。

沈恩飞不服输地把一大片白菜都塞进了嘴里，闭上眼睛，用力地嚼了几下，就立刻吞进了肚子。

他为了转移注意力，对南萧说道："我最近的运气很不错哦。楚瑰带我试了好几部戏，其中有一部还是演主角！"

南萧为沈恩飞高兴："很棒啊，这是你第一次有机会当主演，一定要加油啊。"

这时，从旁边的柳哲那儿飘过来一句话："你才第一次啊，我已经主演了四部戏了吧，三部电影、一部电视剧。"

沈恩飞狠狠地瞪了柳哲一眼，又拿出手机，翻出某社交平台的账号，显摆似的展示给南萧看："你看，我的账号，这几天粉丝涨得快，都快有几万个粉丝了。"

南萧接过沈恩飞的手机，翻了翻："出名了啊，真想不到。"

柳哲又幽幽地说了一句："哦，这个平台啊，我有八百万粉丝。"

沈恩飞的笑容瞬间凝固了："你就是来拆我的台的是不是？"

柳哲一脸无辜："我怎么就拆你的台了？"

沈恩飞就差拍桌子了："我说我有机会主演一部剧了，你就说你演四部了，我说我有粉丝了，你又说你有……有多少来着？八十？"

"八百万。"柳哲点了下头。

"哦，你这不是拆我的台是什么？信不信我拆了你的骨头涮火锅！"

南萧扶额，无奈地说道："你们能不能别像小孩子一样斗嘴，能不能好好吃饭啊？"

两人见南萧有些不高兴，也就不再闹腾了，各自又涮了一片白菜。沈恩飞见自己的白菜比较小，就换了一片大一点儿的，柳哲见状也不乐意了，又换了一片更大的。两人虽然都不说话，但又在蔬菜盘里抢了起来，哐当一声弄翻了蔬菜盘。

南萧对他们彻底无语了，本着眼不见、心不烦的原则，埋头涮着毛肚，嘴里默念涮肚口诀："七上八下，一上二下，三上四下……"

"抱歉，打扰一下。"一个脆生生的声音从南萧的身后突兀地响起。

刚才沈恩飞和柳哲闹出的动静，似乎吸引了不少食客的注意。这会儿跑来一个年纪不大的女生，手里捧着笔和一个小本子，不远处还站着两个年纪差不多的女生。

南萧挂起营业式的笑容，问道："有什么事吗？"

谁知那女生完全无视南萧，径直走到了沈恩飞的面前："请问你是沈恩飞吗？《乐克乐克的花季少女有烦恼》里面的那个……"

沈恩飞木然地点了点头。

那女生得到肯定的回答后，兴奋得原地蹦了一下，转头对不远处的那两个女生比着"耶"的手势，然后对沈恩飞递上笔和小本子："我很喜欢你！能帮我签个名吗？"

沈恩飞两个眼睛都放着光，身板一下子挺直了，接过本子和笔，脸上堆满标准的微笑："没问题、没问题，小事一桩。"

然而他低头拿起笔抵上本子的时候，动作又停滞了，然后偷偷地瞄了一眼一旁的南萧。

南萧微笑着在一边看好戏，发现沈恩飞在对自己使眼色，不解其意，干脆问他："怎么了？你快签啊。"

沈恩飞轻声说："签名要怎么签啊，我没签过啊。"

南萧有点儿愣神："用笔签啊。"

沈恩飞回道："这不是废话吗？"

一旁的女生怯生生地问道："没什么问题吧，会不会给你造成困扰？"

沈恩飞一摆手，笑着说道："哈哈哈，哪儿会有什么困扰啊，我签，不就是签名吗！"

他硬着头皮大笔一挥，在小本上歪歪扭扭地写下"沈恩飞"。

用南萧的话来形容的话，这字最多是小学生的水平。

那女生看着签名脸色一僵，随即又甜甜地笑了："哇，没想到你的签名这么可爱。非常感谢，我会永远支持你的。"

说着她就跑回了不远处的两个女生的身边，紧接着三个女孩子尖叫着跑远了。

南萧笑嘻嘻地对沈恩飞说道："不错哟，都有粉丝来找你签名了。"

沈恩飞摸着脑袋："我那么帅，有粉丝是很正常的嘛，哈哈哈。"

柳哲看着沈恩飞得意的表情哼了一声："就一个粉丝来要签名就把你满足成这样了，我要是被认出来，那可不得了。"

如果柳哲真有八百万粉丝，南萧可以想象出柳哲的影响力有多大。然而，沈恩飞却对此很不屑："那你倒是试试啊，有一个粉丝就算老子输怎么样？"

柳哲压了压帽檐，终究还是有顾虑，没理会沈恩飞。

沈恩飞把柳哲这个表现看成了示弱："我就说嘛，都是吹牛。一副瘦弱的病秧子模样，怎么会有粉丝喜欢你这种人？"

这话把柳哲气得不轻，他当即把帽子一摔，站起来，说道："我，柳哲！"

周围的食客一阵骚动。

"柳哲？好像啊。"

“骗人的吧，柳哲会来这里吃饭？”

“好像真的是柳哲啊。”

“啊！柳哲！”

这两个人的幼稚举动实在让人无语，萧琪不得不跟南萧说道：“你快拉上沈恩飞跑路。对了，带上柳哲的手机。”

周围议论的声音越来越大，南萧也觉察到了问题，立刻拉上沈恩飞离开，顺道摸走了柳哲放在桌上的手机。

他们俩刚站起来离开桌子，那张桌子就被手机镜头和尖叫声团团包围了，火锅店一下子乱成了一锅粥。

不远处，南萧和沈恩飞目瞪口呆地看着这个场面，难怪柳哲平时出门都得小心翼翼。南萧手里还拿着柳哲的手机，他问萧琪：“拿他的手机干什么？”

“翻出他经纪人的电话，让经纪人来救场。”萧琪解释道，随后又补了句，“这人是我见过最蠢的明星……”

柳哲一直在男厕所待了大概三个小时，才被经纪人从后门接走。他坐上黑色的保姆车，旁边是紧皱着眉头、一言不发地看着他的经纪人叶潇。

叶潇这个名字念起来很容易让人联想到“夜宵”，但柳哲明白，他的这个经纪人绝对不是什么美味的“夜宵”，而是能让人不寒而栗的“夜枭”。

“怎么回事？”叶潇的声音压得非常低，似乎正在发怒的边缘。

柳哲咽了咽口水：“不……不小心被认出来了……”

他不敢说实话，要是被经纪人知道他是因为显摆人气，才被人认出来，他接下来的日子可就不好过了。

不过这个理由显然并不能让叶潇消气，紧皱的眉头没有任何舒展的意思："你挺能耐的啊，跑到这种商业区吃火锅？哪儿来的胆子？你正在争取黎叔戏里的角色，你有没有点儿自觉？先不说你大大咧咧地跑到公共场所被认出来，引起了骚动，就说在为角色做培训的时候，你还敢吃火锅？你的前途不要了？"

柳哲被训得满脸通红，却不敢反驳，只能轻声地嘟囔着："我就吃了几片白菜……"

叶潇听后，突然起了疑心："你跑到火锅店来，就为了烫白菜吃？兴致这么好？"

柳哲傻笑着想蒙混过关："下次没这兴致了，一定没了！"

"给我打电话的女人是谁？"叶潇眼神凌厉地盯着柳哲，不打算放过他的任何一点儿表情变化，继续逼问道，"你是为了跟她吃饭才过来的吧？她是谁？"

柳哲的额头冒出了密密麻麻的汗珠，他想起来是萧琪帮忙打的电话，可这该怎么和叶潇解释呢？叶潇对他的要求一向是坦白从宽、抗拒从严，柳哲只能老老实实地和他说道："她是和我一起培训的萧琪，是我以前的同学，我们就一起吃个饭、叙叙旧。"

"萧琪？"叶潇思索了片刻，"苏氏影业的萧琪吗？"

"是是是，原来你也知道她啊。"

"废话，她成名比你早，只不过这几年有点儿过气了。她和你不是竞争对手吗？"

柳哲抓了抓脑袋，又似乎想到了什么，立刻带着笑容说道："叶哥的记性不错啊，就是她。我今天和她吃饭是为了刺探敌方的情况，而且也成功地怂恿她大吃大喝了，减少我的竞争压力。"

"我呸！"叶潇显然一点儿都不相信柳哲的胡扯，"你给我老实交代，你是不是喜欢这个萧琪？"

柳哲立刻猛烈地咳嗽了起来："咳咳……叶哥，你说什么啊，我怎么可能？"

叶潇深深地叹了口气："果然如此啊……"

柳哲的心情好不容易平复下来，在叶潇的目光下，撇着嘴不自然地转开了脸。

"你知道当红男明星最怕的是什么吗？"叶潇问道。

柳哲自然知道叶潇话里的意思，柳哲目前的定位就是优质单身艺人，在社交平台上都有好多粉丝用"老公"称呼他，最怕的就是闹出异性绯闻。

不过，柳哲学着叶潇也重重地叹了口气，语气里带着点儿遗憾："这个叶哥就别担心了，我和她是不可能的，她对我没那种意思。"

这倒让叶潇有点儿意外，他确认道："我没听错吧？我们的'国民男友'、大明星柳哲竟然在感情上这么没信心？你觉得自己完全没有机会吗？"

柳哲做了个鬼脸："是啊是啊，平时充满自信觉得全天下都会喜欢自己的自大狂柳哲，这会儿对自己没信心了。"

叶潇被他逗乐了，终于笑了："怎么这么说自己啊。"

柳哲再接再厉："你说谁？这不是平时你说的吗？你现在到底是什么意思，我快搞不懂你是反对还是支持了。"

叶潇并没有回答柳哲的问题，转头打了两个电话，然后对柳哲说："现在有两件事，一是你不用回酒店了，我给你重新订了酒店，一周以后入住。现在的酒店我会派人去帮你收拾行李、办理退房，二是从今天开始一周的时间，你停止培训，回公司待一周，顺便拍几套硬照和一个广告。两边我都联系好了。"

"真要离开一周？"

"不然呢？你今天闹出的乱子已经在网络上引起了不少的关注了，最近几天肯定会有不少记者嗅着味道跟过来，你给我好好避一避。然后，给我听好了，你以后不准和任何女人一起

出现在任何公共场所。不然，被狗仔拍到，传出绯闻，我可不来帮你收拾。”

柳哲抓了抓脑袋，嘟囔着：“我才不信你会不帮我。”

叶潇戳着柳哲的脑门，说道：“胆子越来越肥了哈，敢和我抬杠了啊？”

柳哲立刻捂着额头：“不敢不敢。对了，叶哥，你知道一个叫沈恩飞的演员吗？”

“沈恩飞？没听过。”

柳哲正色道：“帮我留意留意这个人。”

叶潇不解地问道：“应该是一个没什么名气的小演员，你怎么突然说起这么个人？”

“没什么，就是好奇，帮我查查啊。接下来的一周，我保证乖乖的！”

叶潇摇摇头，虽然旁人都觉得柳哲很怕叶潇，但其实叶潇很清楚，他有时候根本拿这家伙没辙：“行吧，我帮你去查下。”

沈恩飞坐在网咖包间的椅子上连打了好几个喷嚏。

坐在旁边机位的南萧问道：“怎么？感冒了？”

“没啊，我怎么可能会感冒？我十几年没感冒过了。”沈恩飞摸了摸鼻子，“肯定是有人在骂我。”

南萧打趣道：“那人骂得还挺凶。”

沈恩飞突然大叫起来：“右前方，三三零到三四五之间，有人。”

南萧鼠标连点三下：“干掉了。”

“你的枪法还是那么带劲儿！我去舔包。”

南萧和沈恩飞从火锅店跑出来以后，就偷偷溜到了商场顶楼的网咖。沈恩飞似乎被柳哲造成的混乱给吓了一跳，一定要拉着南萧去打游戏。

“再过一段时间，我的人气肯定也会一样暴涨，那时候我就没办法安心地去网吧打游戏了！趁现在，我要好好地享受享受。”

南萧也很久没有玩儿游戏了，心里痒痒的，就和沈恩飞一起来了。萧琪的意识早就休息了，估计是实在看不下去他们胡闹了。

不过出人意料的是沈恩飞竟然在十点左右，就主动要求下机了。

“怎么这么早就结束了？”南萧和沈恩飞出了网咖，他回头看着站在街头点烟的沈恩飞，“最近不行了啊，大兄弟。”

说实话，南萧还正在兴头上。

初春的午夜，夜风依然凛冽，沈恩飞哆哆嗦嗦地好不容易点上烟，吸了一口，吐着缭绕的烟雾说道：“不早了，你明天还要培训呢，早点儿回去休息。”

南萧意识到沈恩飞在为萧琪考虑，有些不好意思地摸了摸有点儿冰冷的鼻头，心想这家伙的进步很大啊。

两人沉默地走在依然热闹的街上，人来人往，灯火点亮了夜空。

不远处走过一对牵着手的情侣，女孩子手上捧着一大束玫瑰花，笑得格外幸福，将头依偎在男生的肩头，两个人的身上流露出稚嫩的爱情气息。

南萧看着这对情侣慢慢走远，突然感受到一只手轻轻地、小心翼翼地搭上了自己的肩头。

南萧用力地咳了一声，那只手又立刻缩了回去。

沈恩飞把手背在身后，吹着口哨掩饰着自己刚才的行为，几步走到了南萧的身前。

这个大大咧咧的男人，在面对感情时，除了大声霸道地叫唤之外，剩下的只有像情窦初开的小男生般的羞涩。

南萧就当刚才什么都没发生过。他既不想和沈恩飞谈起感情方面的问题，又没有资格去决定萧琪是否接受沈恩飞。

决定权是萧琪的。

商场离酒店不远，大约步行了十几分钟，两人就到了酒店的门口。

南萧挥着手向沈恩飞道别。

沈恩飞站在门口，嘴唇动了动，本想转身离去却又停下脚步。

有些事还是让萧琪自己解决吧，南萧只负责好好地陪着萧琪。南萧不去理会沈恩飞是否已经离开，走进酒店的大堂，继而进了电梯。

而门口那个踟蹰的男人依然没有离开。

第七章

绯闻来袭下的真实

程凉生坐在办公室里，放下手机，视线重新回到了显示器上，开始核对接下来的日程安排。还没有核对好，他就有些烦闷地推开了键盘，站起来推开门，踱步而出。

他环顾四周，看着外面紧张工作的艺人部员工，目光突然停在了一张空着的办公桌前。

他走近那张桌子。隔板上贴着这个工位的员工名字——“游典方”。他记得这个游典方，第一次见到游典方是在萧琪的病房里，知道游典方是萧琪的表哥。

游典方进入公司走的不是常规的应聘渠道，甚至没有通过人事部门，而是直接找到苏语仑，也不知道用了什么法子，让苏语仑录用了他，并且送到了艺人部。他专门负责萧琪的演艺事务，成了萧琪的新经纪人。

程凉生也从来没有想过在发生了那么多事之后，萧琪会重新回到这家公司。

离他在医院中与萧琪见面，已经过去了相当长的时间。这段时间除了养伤、做康复之外，他把精力都放在陈瑞安的身上，并且取得了不错的成绩。

但这与他理想中的成功相距甚远。

他依然忘不了——忘不了那张稚嫩的脸庞，笑嘻嘻地对他卖萌；忘不了那个蹦蹦跳跳，在自己的陪伴下一次又一次地走向聚光灯的小女孩儿。

是他，造就了现在的萧琪，也是他，放弃了萧琪。

也许，确实是他做错了。

“程总，您有什么事吗？”艺人部的丰欢凑近他问道。

丰欢是游典方的直属领导，见程凉生在游典方的工位旁站了半天，有些紧张。还没等程凉生发话，他赶忙解释道：“游典方今天出外勤。最近他负责的艺人在外头培训，出外勤的时间比较长。不过，按日程安排，再过一个小时，他会回公司来汇报。程总是有什么事要找他吗？”

程凉生明知故问：“他负责的艺人，是萧琪吗？”

丰欢的脸上露出尴尬的神色，他抓了抓脑袋才说：“是萧琪。”

程凉生笑道：“怎么扭扭捏捏的，就因为之前萧琪是我带的人？”

丰欢急忙解释道：“不是、不是，我听到一些消息，说你……”

“说我什么？”

“说你和萧琪有些过节儿，还因为她被人打了。所以公司里的其他人都尽量不在你面前提到这个艺人。”

程凉生摇了摇头，把丰欢带到一边，说：“不用在意这些，我都不在意了。我和萧琪之间没有你们说的那些过节儿。”

丰欢点了点头，也不知道他明不明白程凉生话里的意思。

到了下午，游典方才晃晃悠悠地到了公司，这比原定的时间晚了一个半小时。

他刚坐到自己的工位上，还没有开电脑，就被丰欢叫到了会议室。

游典方进了会议室，发现里面不止有丰欢，还有一个老熟人——程凉生。

丰欢让游典方坐在对面，说道：“游典方，这是我们的艺人总监程总。可能之前你在公司里见得比较少，对程总不太熟。今天，程总和我一起听听萧琪的工作进展情况。”

游典方全身放松地坐在了椅子上，笑嘻嘻地说：“熟啊，我们一直认识啊。有一年多了。对吧？第一次见面是在萧琪的病房里。”

丰欢愣了一下，在程凉生和游典方之间比画了一下，问道：“你们是朋友？”

程凉生开口：“认识，但不算朋友。直接开始说工作吧。”

丰欢突然想到，据说游典方是萧琪的表哥，之前程凉生负责带萧琪，两人应该见过。但程凉生又说他们只是认识，不是朋友，那就说明程凉生和萧琪之间确实有矛盾。不然，提起朋友的表哥，程凉生不会说得那么不留情面吧？

丰欢思绪一转，觉得大概知道了程凉生对萧琪的态度，就赶紧挥挥手，催促道：“对、对、对，时间就是金钱，别浪费时间，我们抓紧进入正题。”

以前丰欢觉得程凉生与萧琪之间的关系非同一般，所以对游典方和萧琪放任不管，既不给他们安排工作，也不会特别留意他们的情况，保持着有需求就帮忙，没需求就不关心的态度。所以游典方来汇报工作，丰欢一般也不会多认真地去听。

今天丰欢认真听完，却发现这人说得驴唇不对马嘴，喋喋不休地说了十几分钟，内容基本是围绕着自己这两天开车收了多少罚单，并情真意切地和他俩探讨起了交通法规的合理性。

让人意外的是，在整个过程中，程凉生没有说一句话，这让丰欢在旁边如坐针毡。

丰欢铁青着脸打断了游典方的话，带着怒气指责道："让你讲工作，这讲的是什么？你开车关工作什么事？我们要知道萧琪的情况。"

游典方恍然大悟地说："这样啊，我还以为汇报工作是讲讲我这两天干啥哩。萧琪啊，萧琪挺好的啊。"

丰欢差点儿一口气没缓过来："什么挺好的，你这说的是什么啊？"

"不是问萧琪吗？萧琪确实挺好的啊。"游典方不明白丰欢为什么突然生气了，以前他也没少这样回答丰欢的问题。

丰欢深吸了几口气，强压着怒意："来，照我说的内容，一条一条地来说。最近萧琪的试镜，黎叔那边是否有什么明确的指示？萧琪最近有没有面向各大媒体进行一定的曝光？接下来的工作中的几个重要时间点，你们是怎样安排的？"

游典方傻傻地看着丰欢，末了一脸诧异地问道："老大，你这说的都是什么？"

丰欢觉得自己从来没这么蠢过，想想到目前为止萧琪的工作状况——眼前的这个游典方明显从来没做过计划和时间表，强黎那边的试镜机会还是苏总直接丢过来的。

当时，苏总的原话是："目前我的手上没有合适这个档期的艺人，就让刚回来的萧琪去试试吧。她的资历适中，不会显得我们敷衍黎叔的戏。"

所以丰欢也就没有把这次的试镜当回事，至于萧琪能进最后一轮试镜，他是真的没想到。

程凉生在旁边终于看不下去了，开口道："最近萧琪除了培训之外，有其他的安排吗？"

游典方摇头说道："没有。"

程凉生又问道："她最近和别人接触过吗？或者说，与萧琪一起培训的有哪些人？"

游典方回想了一下，不太确定地说道："其他人我有印象的不多，有个男的，萧琪倒是提起过，叫什么'刘哲'来着。"

丰欢脱口而出："柳哲？"

游典方为难地回答："名字我记不太清了，人倒是见到过几次。"

程凉生从手机里搜出了柳哲的照片，递给游典方问道："是这个人吗？"

游典方立刻点头道："对，是他。"

程凉生点了点头，收起手机，又问道："除了这人以外呢？"

"哦，沈恩飞也来找过萧琪，就是上次和你打架的那个。"游典方说道。

丰欢的表情再次僵住了，他回头瞥向程凉生，幸好程凉生的脸上并没有流露出什么情绪。

"可以了，你先出去吧。一会儿我让丰欢给你布置工作。"程凉生点了点头，让游典方离开了会议室。

游典方走后，丰欢满脸歉意地向程凉生道歉："程总，抱歉啊，

我回头一定好好教育这个小子。”

程凉生笑了笑：“在业务能力上，他还要好好锻炼，其他的事你别放在心上。”

说着，他把手机一转，将一则新闻放到了丰欢的眼前，新闻的标题是“柳哲惊现平价火锅店，全场骚动”。

丰欢立刻收起了眼中的谄媚，认真地说：“程总和我想的一样，这是可以利用的宣传机会。柳哲现在正站在人气的风口浪尖上，我们可以借此炒作一番。不过……”

丰欢的业务能力是相当过关的，不然他也不会走到管理层。

“不过？”程凉生问道。

丰欢想了想，决定还是把话说清楚：“我对萧琪的定位一直很尴尬，一方面因为程总和她以前的关系，另一方面，她明明已经离开了公司，却又被苏总亲自招了回来。所以这个艺人，到底是该捧还是该雪藏？捧的话，该用多大力度，我一直拿捏不准。”

程凉生叹了口气，说道：“丰欢，你其他方面都好，就是心思太多，办公室政治的书看得太多了。艺人到你的手上，你的工作就是尽全力去培养。而且，我明说一点，肯定是因为萧琪对公司有利，苏总才会亲自出马把她招回来。你把精力放到她的身上，不会错的。”

丰欢松了口气，点了点头，说：“我知道该怎么做了。”

目送丰欢离开，程凉生一个人坐在会议室里，翻着手机里柳哲的资料，脑子里却全是萧琪的影子。他始终不觉得自己已经失去了萧琪。在见过游典方，开了这个不像会议的会议之后，他对仍然拥有萧琪这件事，再次充满了真实感。她就在那儿，在自己的部门里。她不应该离开他……不，她不应该有能力离开他。

世界上最了解萧琪的他，在等着萧琪推开他的办公室的门，再次来找他。

南萧大口地喘着气，眨了眨眼睛，看着眼前的天花板以及从外面照射进来的初春阳光。

他已经连动一根手指的力气都没有了，全身剩下的力气都用来呼吸了，喉咙干得像在冒火，但连起身去拿两米之外的水瓶都办不到。

“你也太差劲儿了吧……我的身体我知道，不至于就这么点儿体力。”萧琪在脑海中微微吃惊地说道。

“起码，我们可以证明一个科学观点了，那就是体力的多少这玩意儿还和人本身的意志力有关。”南萧无奈地说道，“你平时都是怎么坚持下来的？”

从过年到现在，南萧掌控身体的时间似乎在不断减少，以至于快过去一个月了，他才第一次接手身体的主控权，完成了一天中完整的培训。

和之前中途接管身体的感觉完全不同，他觉得躺着都不能缓解从肌肉深处不断涌出的疲惫感。

摊开的手上，被放了一瓶水，南萧转过头，往旁边看了看。

柳哲正坐在那儿，喝着水。对上南萧的目光，他将矿泉水瓶放下，说道：“今天这么累？状态不好？”

南萧喘着气，点了点头，有气无力地说道：“是啊，今天不是平常的我，今天的我弱爆了。”

柳哲似乎因南萧的话呛了一下，连咳了好几声：“我倒是第一次见你服软，看来今天的你确实不一样。”

南萧费力地撑起上身，坐了起来，拿过柳哲放在他手上的水

瓶，另一只手却连拧开瓶盖的力气都没有。

柳哲伸手过来帮忙，正好抓到了南萧正在拧瓶盖的手。还没等南萧有什么反应，柳哲倒像触电一般缩回了手。

南萧奇怪地问道：“你怎么了？”

“避嫌啊，这不是你要求的吗？”柳哲有些无奈地看着眼前的这个“女人”。

柳哲自从上次被叶潇教训之后，过了一个星期才重新回到培训场地。

本来带着叶潇的警告回来的柳哲，想和萧琪好好聊聊，解释自己换酒店的原因。还没等他开口，萧琪就抢先和他“约法三章”了——

两人平时要避嫌，到达和离开场馆时，决不可同进同出，连日常交流，都要保持距离。

这些其实和叶潇对他的要求大同小异，所以柳哲并不觉得奇怪。但当他问萧琪原因时，她的回答把他气坏了：“我怕你故意和我传绯闻，以此制造炒作点，借我的名气，抬高你自己的身价。”

他是谁？他是柳哲啊，现在的人气比萧琪高了不知道多少，需要借她的人气？

他气呼呼地给叶潇打电话想发发牢骚，结果叶潇仅仅回了一句“她在保护你”，就挂断了电话。

柳哲终究不傻，也想得明白——这种“约法三章”对彼此都好，尤其是对他，所以他对萧琪的好感反而与日俱增。

南萧下意识地点了点头，恍恍惚惚地说道：“哦，好，好像真的是我说的哦。”

柳哲无奈地从南萧的手中拿过瓶子，拧开了瓶盖以后，又递了回去。

随后，柳哲忍不住补了一句：“你的演技真的不一般，每次都能轻而易举地把我骗了。”

南萧抓了抓脑袋，思索着自己究竟演了什么，嘴上还是应付着答道：“哦，谢谢称赞。那要不你放弃这次机会吧，就我一个人试镜的话，角色也就是我的了吧？”他不小心说出了真心话，而这句话之后，还有下一句，“我就不用那么辛苦地参加培训了……”

柳哲皱着眉头，一脸不高兴地说：“我才不会就这么放弃！我告诉你，我会堂堂正正地击败你。”

“你看，你都明白你比我弱了，又何必勉强呢？”南萧回道。

柳哲有些气急地说道：“我……我哪里觉得自己比你弱了啊？！你难道听不出我刚才那句话的重点吗？”

“刚才你的那句话挺像挑战者说的。那不是说明在你的潜意识里，我比较厉害吗？”这个时候，南萧的脑回路只有他自己能懂。

柳哲完全确认了眼前的这个萧琪不是他熟悉的那个人。

平时的萧琪虽然也能让柳哲无法应对，但她身上绝没有现在这种让他抓狂的感觉——现在两个人的交流根本不在一个频道上。

此时，程凉生正坐在咖啡馆里。今天有个出人意料的访客，约了他在这里见面。

程凉生的面前放着一杯美式黑咖啡。这是他在面对棘手的问题，需要保持头脑清醒时，才会喝的东西。

他赴约的习惯是提前二十分钟左右到达约定的地点。对方显然没有类似的习惯，甚至没有守时的习惯。

下册

离约定的时间已经过了十分钟，程凉生依然没见到赴约者的身影。

程凉生右手拍着座位旁的公文包，随着店内音乐的旋律，轻声哼着歌，这是他掩饰焦虑的方法，他做得驾轻就熟，旁人完全猜不到他在想什么。

在晚了半个小时以后，那个人才坐到了他的面前。

看着来人，程凉生喝干了最后一口黑咖啡，并抬手让服务员再续一杯。

“我们很久没见了吧？今天竟然会是你约我，太让人意外了。”程凉生说着开场白，等待对方的回应。

来的人是柳哲的经纪人叶潇。

叶潇没有直接答话，而是从包里拿出几张稿子，推到了程凉生的面前。

程凉生拿起稿子，是些娱乐杂志仍未出版的初稿，以及一些网络平台营销账号的内容截图。虽然标题都各不相同，但内容大同小异，主要围绕着当红小生柳哲和某女星的绯闻。

程凉生笑着问道：“怎么？你这是遇到了公关危机，需要我为你出谋划策吗？”

叶潇说：“这些是你们干的？”

程凉生又笑道：“我们两家公司之间不是这种直接竞争的关系吧？我们吃饱了饭没事做，凭什么去搞你家的柳哲？某女星又是谁？和我们有关吗？”

叶潇并不吃程凉生这套：“我调查了不少内容，包括部分营销号上游负责内容营销的接头人。”

程凉生问道：“然后有人说是我们干的？”

叶潇摇了摇头，说：“没有查到一点儿和你们有关的东西。

没有一条线索可以证明幕后的推手是你们苏氏影业。”

程凉生放下叶潇递过来的稿子：“既然完全查不到，你今天找我出来的目的是什么？”

“我知道是你们在推动这件事。”叶潇说得像是证据确凿一般。

“你这话说得前后矛盾。”程凉生提醒道。

“我家的柳哲正在人气上升期，虽然已经进入一线，但仍有很大的发展空间，在网络上和媒体之间的话题性和受关注程度会越来越高。这次萧琪和柳哲竞争同一个角色，如果你们不抓这个机会制造话题，让大众重新关注萧琪，我都要怀疑你们作为一线经纪公司的业务能力了。”叶潇不客气地说道，“正因为没有任何线索，我才确信背后有你们的人。”

程凉生耸了耸肩：“萧琪一直是个口碑优异的演员，也许我们很有职业道德，并不会使用这种制造话题的方式呢？”

叶潇嘲弄似的笑了笑：“你觉得我相信你的鬼话吗？”

程凉生接过服务员送上来的黑咖啡，把杯子放在桌上，用余光看了一眼坐在对面，眼神锐利的叶潇：“所以，你约我出来，是为了听我的鬼话吗？”

叶潇伸出一根手指：“做个交易，我们各取所需。”

“说来听听。”

“你们需要关注度，我们需要角色。”叶潇说道。

“你的意思是，萧琪放弃黎叔那部剧的角色，让柳哲拿到角色，然后你们放任绯闻继续传播？”程凉生皱着眉头思索了一会儿，摇头道，“这不合理。”

“不合理？”

“你费尽心机让柳哲拿到角色，显然是把柳哲看得很重，是

把宝押在他身上了吧。不过，你就不怕绯闻破坏他现在苦心经营的人设？”程凉生反问道。

叶潇淡然地说道：“经营人设只能维持一阵热度，一直专注于这个，他就只能做昙花。实打实的业务能力，才能让人成为常青树。”

“这么说，你们对柳哲的业务能力不放心？怕他在和萧琪的竞争中败下阵来？”程凉生挖苦道，“说什么实打实的业务能力，其实那只是挡在昙花前的遮羞布吧？”

叶潇不甘示弱地回道：“柳哲的演技不会输给任何人。”

“既然这样，你压下这些绯闻，让柳哲在和萧琪的竞争中堂堂正正地胜出，不是更好吗？”程凉生问道。

叶潇迟疑了片刻，说：“我要消除一切不利的因素。”

“不利？”程凉生敏锐地捕捉到了叶潇用的这个词。

在这种事上，不利的说法可以延伸出很多种解释，联想到之前曝光的柳哲现身火锅店的新闻，程凉生注意到了之前漏掉的重点。

“你的意思是，柳哲真的喜欢上了萧琪？”这话问出口的时候，程凉生的表情已经变得不再平静，隐隐流露出一些狰狞。

程凉生一问出口就觉察到不妙，立刻收敛了表情，但这个变化又怎么逃得过叶潇的眼睛。

叶潇眯着眼睛观察程凉生，看着他端起咖啡杯，喝了一小口，又放了回去。

“你的目的又是什么？”叶潇问道。

程凉生皱起眉头，没想到叶潇会这么说。这个问题叶潇问得很奇怪，用了“你”，而没有用“你们”。在这之前，叶潇一直认为这件事的幕后推手是苏氏影业，这时候突然换了说法，显然是直接向程凉生个人发问了。

这之间的细微差别，程凉生敏锐地捕捉到了。

程凉生摇了摇头，简单地回答道：“我的立场和公司的立场始终一致。”

叶潇颔首，接着说道：“柳哲是否真的喜欢上了萧琪，这个问题，并不在公司之间的讨论范畴之内。”

“你难道不是怕柳哲因为喜欢上了萧琪，所以他会故意让萧琪？”程凉生试探着问道。

叶潇耸了耸肩，说道：“这也不在我们谈论的范畴之内。”

程凉生进一步试探道：“那我能认为，其实你是默认了吗？”

叶潇笑了：“如果你觉得默认的结果是对你们有利的，我也支持你这么认为。”

“和你谈话，依然是一如既往地让人讨厌。”程凉生厌恶地回答道。

叶潇说得轻巧，但这句话意味深长。因为这句话，程凉生就没办法准确地判断自己得出的柳哲喜欢萧琪的结论是否正确了——这是叶潇刻意引导的结果。相比之下，自己还暴露了在萧琪的问题上，过于激动的弱点。

“彼此彼此，如果不是必须，我也一点儿都不想和你打招呼。”叶潇也坦诚地回答道，“每次和你交流，都特别消耗脑细胞。”

两人之间重新归于安静，程凉生不悦地用手指敲着桌面。叶潇则要了一杯红茶，细细地品着，表情也同样难看，似乎不满意这家店的红茶味道。

不过叶潇一点儿都不急，一直等到程凉生的手指停了下来，才又开口问道：“言归正传，你考虑得怎么样？”

程凉生凝视着叶潇的眼睛：“萧琪那边没的谈，她不会放弃

得到这个角色的机会。”

叶潇好奇地问道：“即便放弃对她来说有更高的价值她也不放弃吗？还是她两个结果都想要？这未免太过贪心。不至于……你的理由说不通。除非你们根本没有告诉她这件事，甚至瞒着自己的艺人在推动这件事？”

程凉生苦笑道：“我可从来没承认过，我们公司在这件事的背后做了任何推动。目前谈话的支点不是你自以为是地认为我们公司是推手的假设吗？”

叶潇好像被程凉生逗乐了一般，张嘴大笑，程凉生也跟着一起笑了起来。远远地看去，他们就像是一对感情很好的朋友说到了什么非常有趣的事情，乐不可支。

叶潇把之前给程凉生的稿子拿了回来，放回了包内：“好了，我们别像两个精神病人似的了，也别讲这种你我都知道的笑话了。我们说定了？”

程凉生点了点头。

叶潇是个聪明人，很多事情不用点明，就知道该怎么做。

程凉生刚才说的是萧琪那边没的商量，并没有说他们两人之间的交易没法谈。

其实他也是在提醒叶潇，不要去和柳哲说这件事，不然势必会影响到计划的实施。叶潇的反应，显然也印证了他的想法。

“说句题外话，”叶潇继续说道，“萧琪是个怎样的演员？”

程凉生看着叶潇的表情古怪异常：“怎么，你也对萧琪产生了兴趣？”

“单纯好奇，我没记错的话，她是在你手上出道的吧？那时候她的年纪还很小，几岁来着？她是童星吧。”叶潇补充道。

“你到底想问什么？”程凉生略带怒气地问道。

“我只是想知道你对她的评价而已。你没必要动怒，我并不是为了讽刺或者揭你的伤疤。”叶潇立刻解释道。

“我也回你一句，这事不在我们讨论的范畴之内。”程凉生回答完以后，就别过头，显然不想继续探讨这个话题。

叶潇似乎想起了什么，又从包里拿出一份资料：“对了，我给你点儿好处。”

程凉生接过资料，脸色十分难看——这是沈恩飞的模卡资料。

“你这是什么意思？”

叶潇从程凉生手里抽回资料：“这个人，我也会帮着你打压一下。他最近拿到了一部戏的男一号，那部戏的投资方跟我有点儿关系，我可以让投资方撤了他。”

“这对我又有什么好处？”程凉生问道。

叶潇随口说道：“出口气？算个添头吧。”说完，他就向程凉生道别，临走前他还丢下一句，“这家店的红茶太差了，下次你换一家吧。”

程凉生目送叶潇走出门，才说：“我讨厌喝红茶。”

几天之后，楚瑰满脸失望地通知沈恩飞，他被剧组剔出去了。即使她再三向剧组询问，也只得到“因为拍摄计划有变动，所以需要更换男演员”的借口。愤怒的沈恩飞把自己关进了健身房。

楚瑰找到了张悠游，想从他这儿得到一些建议，虽然她对于从这个看起来十分不靠谱的老板这里得到帮助这件事，并不抱希望。谁承想，楚瑰一见到张悠游，就收到了一份媒体的宣传资料。光是一篇篇媒体稿件的标题就看得楚瑰两眼发直——“被柳哲刻意打压的新生代演技派男演员”“当红柳哲，竟十分害怕这人的崛起”……

十几篇的媒体稿件，内容都集中在柳哲的身上，每篇稿件的内容都不多不少地夹带了沈恩飞的个人介绍，这足够引起读者对沈恩飞的兴趣，但又不会引起反感。

“张、张总，这些是？”楚瑰问道。

张悠游轻描淡写地说道：“过两天让媒体发的稿件啊。”

“可沈恩飞被剧组撤掉，和柳哲没有半毛钱的关系啊，又不是柳哲抢了沈恩飞的角色，这种强行蹭热度的营销会有用吗？”楚瑰实在看不懂，两个交集非常少的人，张悠游怎么做这种一看就很虚假的营销呢？

张悠游似乎依然不怎么在意：“没关系啊，稿件能发就好了啊。好了好了，我还要忙呢，你可以去准备了。”

被张悠游忽悠出门的楚瑰，感觉头昏脑涨。

三天之后是一个阳光明媚的日子。游典方开着车，萧琪坐在副驾驶座上，后座坐着两个戴着帽子、墨镜的“定时炸弹”——沈恩飞和柳哲。

沈恩飞这两天心情烦躁，连续健身了几天后，跑萧琪这儿来放松心情。而柳哲在培训的地方看到沈恩飞来找萧琪后，就找了各种理由，跟了过来。两人坐在后座，全程没有说话，让萧琪觉得他们那儿冷得像冰柜。

而完全看不懂气氛的游典方，还放起了动感的舞曲，一路跟着节奏哼个不停。

原本今天萧琪接到了一个通告，因为内容很简单——到一个新开的游乐场进行平面广告的拍摄，耗时不长，就在培训期间将这项日程安排了进去。游典方就是来接萧琪去往拍摄场地的。

“你们有兴致的话，还可以在游乐场好好玩儿一玩儿，甲方爸爸给了我们至尊 VIP（贵宾）的套票哦。全程会有工作人员做导游，据说所有项目都不用排队！”游典方看着后视镜开心地说道。

沈恩飞一听，似乎提起了点儿精神：“萧琪，你喜欢坐过山车吗？这个游乐场我之前在广告上看过，里面有个过山车特别带劲儿，我们一起去坐？”

柳哲立刻插嘴道：“萧琪怎么可能会去坐那种恐怖的东西？我知道里面有个超级大的摩天轮，萧琪会喜欢的。”

自从沈恩飞出现以后，柳哲似乎喜欢萧琪喜欢得越来越明目张胆了。或者说，为了和沈恩飞争个高低，他已经完全忘了掩饰这件事情了。

萧琪没好气地说道：“免了，我不喜欢游乐场。”

拍摄的过程非常顺利，大约半天的时间，就完成了所有的拍摄，在向平面拍摄组的工作人员和摄影师致谢之后，萧琪一行人回到了临时休息处。沈恩飞和柳哲一直戴着口罩和墨镜，跟在萧琪的身后伪装成后勤人员。

“你不去玩儿吗？”南萧在脑海中问道。

“玩儿什么？”萧琪问道。

“一般女生不是很向往游乐园吗？这里有非常帅气的人偶、可爱的吉祥物、梦幻的城堡，还有可以让人大声尖叫的过山车……”

萧琪摇了摇头拒绝道：“我并没有那种心理。这是你们男人对女人的固有偏见吧。”

“才没有，你自己看窗外。”南萧回复道。

窗外的游乐场大道上，人头攒动，确实是女性占了大部分。

“可能我不算大部分女生吧，我觉得很无聊。”

“你不想看看那两个傻大个坐过山车吗？”南萧继续想着理由，教唆萧琪出去玩儿。

“他们俩？”萧琪的目光在沈恩飞和柳哲的身上扫了一遍，她似乎提起了一点儿兴致。

沈恩飞坐在不断攀升的过山车上，心里打鼓，手紧紧地握着座位前端的金属护栏。

柳哲也皱着眉头，紧张地坐在沈恩飞的旁边，帽子和墨镜被工作人员取了下来，但因为戴着口罩，未被别人认出来。不过，现在的问题不是会不会被人认出来，而是他害怕坐过山车。眼神带着怨恨的柳哲，狠狠地盯着沈恩飞，要不是这个人，自己怎么也不会坐上这辆可能要了命的车。

“你戴什么口罩，没人认识你是谁吧？”柳哲想着法子挖苦这个他恨不得一脚踹得远远的男人。

沈恩飞挑了挑眉，勉强挤出笑容：“我这是怕一会儿看你喊救命的时候，会笑得合不拢嘴，太不礼貌。”

“呵呵，我看是你怕吧？我都看到你的腿在抖了。”柳哲指了指沈恩飞快速抖动的双腿。

沈恩飞立刻压住了腿部的动作：“我这是太兴奋了。我不像你，我可爱过山车了，得劲儿。”

说话间，过山车已经升到了最高点。两人的运气都不太好，他们一起坐在过山车最前面的一排，前方没有任何遮挡物，一眼看去，只能看到遥远的地面，人影已经变得非常细小。两人的心跳都在这一刻加速，咚咚的心跳声完全取代了两人之间的扯皮。下一秒，随着过山车的飞速下坠，两人的叫声同时响彻了云霄。

萧琪站在过山车下方，看着两人尖叫着从头上飞掠而过，对南萧说道：“我赢了，记得帮我洗一个月的衣服。”

“啧！”南萧有些失望，“沈恩飞这家伙真的一点儿都靠不住，这么大个男人，怎么能怕坐过山车？”

“那之前又是哪个男人，吵着让我别去坐这个？”

“我是觉得在下面幸灾乐祸，更加开心而已。”南萧说得自己都觉得心虚。

整个项目不到三分钟，但萧琪在出口处等了将近二十分钟，都没有看见两人出来。萧琪正觉得奇怪，只见柳哲脚步虚浮、晃晃悠悠地出了门，即便他戴着口罩，萧琪都能感受到他的面色有多苍白。

“好玩儿吗？”萧琪问道。

柳哲没有说话，直接越过萧琪，径直坐到一旁的休息椅上，两眼放空地深呼吸。

在柳哲坐下后，大概又过了五分钟，沈恩飞才从里面出来，不过状态比柳哲好不少，起码没有晃晃悠悠的。出来后，他还和萧琪招手。

萧琪依然问道：“好玩儿吗？”

沈恩飞立刻回道：“好玩儿啊，我可是一点儿都不怕，不像那个没用的家伙。”

“那怎么这么久才出来？”萧琪又问。

“有点儿闹肚子，就顺道去了洗手间。”沈恩飞回答得很快，似乎话都没有过脑子。

“那我们回去吧。”萧琪笑着说道。

柳哲举手示意道：“让我再缓缓……”

“我扶着你走吧，时间也不早了。”萧琪说着伸手去扶柳哲。

沈恩飞一个跨步走到了二人中间，抢先拉过了柳哲的手，架在了肩上：“我来吧、我来吧。”

说着他就架着柳哲快步走到了前面。

柳哲一脸恨意地低声骂道："你多什么事？谁要你扶了？"

沈恩飞也没好气地回道："你以为老子想扶你？"

两人在萧琪看不见的地方暗中较劲儿。

"所以你打算选哪个？"南萧问道。

"选？"萧琪没有明白南萧话里的意思，问他。

"你不会看不出这两个人都对你有意思吧？你会选哪个？这样换我出去的时候，心里也有个底。"南萧试探着说道。

"我当然看得出来啊，但为什么一定要选呢？"

"哇，你好贪心啊，想让他们都当你的备胎吗？"南萧夸张地叫道。

"你是不是傻，我就一定要喜欢这两个人中的一个吗？这两个，我没有一个有感觉的。"萧琪无语。

南萧若有所思，回道："是不是应该早点儿和这俩人说清楚，别一直吊着他们。"

萧琪苦笑着看着前面的两个男人："我倒是真的想说清楚，但这两个人，你觉得哪个是你明确拒绝了以后，会摆摆手表示放弃的类型？"

"唉，也是。"

他很了解沈恩飞，包括自己的拒绝在内，萧琪已经明里暗里地拒绝过他很多次了，但这家伙总是有事没事就会出现在萧琪的周围。至于柳哲，虽然接触的时间不长，但南萧也大致能够感受到他在这方面的执着，尤其是在沈恩飞出现在他面前的时候。

"走吧，游典方该来接人了。"萧琪看了看手机上的时间。

游典方在萧琪拍摄的过程中，就离开了这儿，说是要回一趟公司。

三人回到休息室，等待着游典方开车过来。

柳哲的手机在这时响了起来，他掏出手机，显示的来电人是“才不是夜宵”——这是他给叶潇设置的备注。

柳哲走到休息室的门外，接起电话，那头立刻传来了叶潇充满低气压的声音：“你在哪儿？”

柳哲被叶潇的语气吓到了，支支吾吾地回道：“怎……怎么了？出了什么事情吗？”

这时他才意识到，今天跟着萧琪乱跑的行程没有和叶潇报备，这算私自出行。按照原本的日程安排，他现在应该乖乖地待在家里休息才对。

“你是不是和那个萧琪在一起？”

柳哲心里一紧，想了半天也想不出个好理由，一直重复着：“这个……那个……可能……”

“把地址发给我，我派车过去接你，你立刻回公司。”叶潇说完，就挂了电话。

柳哲有些后怕地咽了咽口水，这次回公司应该又免不了要挨一顿批评了。

叶潇派的车来得非常快，甚至比游典方来得还快。

柳哲先于萧琪和沈恩飞离开了游乐场，大约在五分钟以后，游典方才来接人。

柳哲的公司和苏氏影业相比，不算大公司，成立的时间很短，才三年。它旗下的艺人数量也没法和苏氏比。但这家公司有两个亮点，让它于今年在这个行业里逐渐站稳了脚跟：一是公司的老板下了血本，从另一家顶级公司挖到了招牌经纪人叶潇；二是终于捧红了一个现象级的“流量”偶像——柳哲。

正因如此，柳哲和叶潇在公司里的地位非常高，得到的待遇

非常好。公司的老板在很多事情的决策上，都会询问叶潇的看法。

叶潇在这家公司里，可以说是“一人之下，万人之上”，这也是柳哲害怕叶潇的原因。叶潇早就给他打过预防针，一句“我能捧你，也能毁你”，让柳哲对叶潇言听计从。

柳哲坐着公司的专车，回到了公司。

柳哲到了叶潇的面前时，叶潇正站在落地窗前，手里捧着一杯刚泡好的上好红茶，桌上放着一台 iPad，上面显示的是社交平台的热搜话题榜单。

柳哲战战兢兢地坐到沙发上，瞥见了屏幕上的榜单，自己的名字正挂在热度榜的第一位。他好奇地拿过 iPad 一看，心里顿时凉了一大半。

关于他和不知名女星之间的绯闻，在不到半天的时间里，就传遍了整个社交平台，在榜单的前十条中，占了三条。

柳哲慌张地看着叶潇：“这……这是怎么回事？”

叶潇脸若冰霜：“你问我？不是应该你给我一个交代吗？”

柳哲苦着脸，快要哭出来了：“上次之后，我就非常注意了，绝对没有和她再同进同出过。”

“那今天呢？”

柳哲说不出话，感觉喉咙异常干涩。

“那怎么办？”柳哲硬着头皮问道。

叶潇似乎生气到了极点，没有理会柳哲的发问，而是沉默地坐到了他的对面，一动不动地看着他。

萧琪和沈恩飞坐在游典方的车里。游典方接到了来自丰欢的电话，几句话之后，他诧异地大叫一声，然后沮丧地挂断了电话。

“怎么了？”萧琪看着游典方的反应，心里升起不祥的预感，立刻询问道。

游典方哭丧着脸说道："公司接到了黎叔那边的电话，说你可以结束培训了，他们已经放弃你了。"

萧琪不敢置信地瞪大了眼睛看着游典方，但还是语气平静地问道："对方说什么理由了吗？"

"丰欢老大似乎很高兴，让你好好看看社交平台的话题榜。"

"话题榜？"萧琪不解地打开手机。

与"柳哲"相关的话题高居榜首，一瞬间，萧琪脸色惨白。

南萧有些迟疑地问道："榜上只有柳哲的名字，和你有什么关系？"

"扒到我，只不过是时间的问题。之前就有传闻，黎叔对演员的风评很在意。若是他对我有了借柳哲炒作的印象，就不难理解剧组为什么放弃我了。"

沈恩飞从萧琪的手里接过手机，若有所思地看了看榜单："如果我跑去揍那小子一顿，是不是也能引起足够的关注？"

"是这样，没错……"

"不过，也有好事。"另一边，叶潇的脸色稍微好看了些。

"好事？"柳哲见叶潇没那么生气了，心情也悄悄放松了。

比起平台上的一些绯闻，他更害怕叶潇发怒。迄今为止，他都一步一步地按照叶潇的引导走，并没有经历过绯闻的冲击，也不清楚这会给自己造成多大的损害。

这次去试强黎的戏，也是叶潇安排的。

"你该更进一步了，去试镜吧。"当时，叶潇是这么和他说的，还教了他那套"为了摆脱花瓶形象"的说辞。

按照叶潇的安排，柳哲到了现在的高度。所以，他一直很有自知之明，对叶潇言听计从。

“在你来之前，我刚接到了《九裳》剧组的电话，黎叔放弃了那个萧琪，现在那个角色是你的了，你这也算因祸得福吧。”叶潇将茶杯搁到面前的茶几上，心情似乎好了不少。

“啊？为什么？”柳哲大声地问道。

“什么为什么？”

“为什么他们会放弃萧琪？”

叶潇本已舒展的眉头，又紧锁起来，他厉声问道：“这是你应该关心的吗？”

柳哲的眼神里透露出疑惑和不服，他说道：“我不明白。”

叶潇冷哼了一声，不过在这个节骨眼儿上，他也不想把自己的艺人逼得太紧，解释道：“你连这点都想不通吗？你就是太天真了，才需要我帮你安排所有的事情。强黎是什么人？业内出了名的完美主义者，在他的眼里没有什么比自己的作品更重要，他不会允许自己剧中的两个竞争演员之间的关系搞不清楚。他讨厌自己的作品被打上炒作的烙印。所以在萧琪被曝光之前，他就会做出决定，留你还是留她。”

“我们公司出面，把事情压下去不就好了？对了，还能联系一下萧琪的公司，两边一起的话，可以平息这场风波吧？”柳哲很着急，说着自己都不太相信的方法。

“你傻吗？还是你把萧琪他们公司当傻子？”叶潇看着柳哲，“你想想你现在的人气、地位，再想想萧琪的人气、地位。他们公司怕是巴不得有这个机会，炒作一番，我怕你被人利用了还在替别人惋惜。”

柳哲的表情难看至极：“你是说，萧琪在利用我？”

“不然呢？要说这个新闻是他们在背后煽风点火的结果，我可是丝毫不会觉得意外。你现在人气是很高，但绯闻能在半天里就野火燎原一般地飞速扩散，直接占了热搜榜榜首，没人在背后有意推动，我不信。”

叶潇笃定的态度，让柳哲有些动摇，原本担心萧琪的心情被阴霾掩盖。

“那个沈恩飞，我查过了。之前和萧琪是一家经纪公司的，叫什么星策传媒。最近他饰演了一部剧里的配角，收获了一点儿人气。他和萧琪是老熟人了，本来因为萧琪回到了苏氏影业而和萧琪断了联系。最近他突然频繁地出现在萧琪的周围，还能每次都被你撞见，你难道就一点儿都不怀疑吗？”叶潇进一步补充道。

柳哲想到沈恩飞那张惹人厌恶的脸，发现最近几次自己失态，都是在沈恩飞的刺激下造成的……

“那……那我现在该怎么办？”

见柳哲似乎开窍了，叶潇不动声色地说：“这段时间你先低调行事，公司会尽力控制住舆论。通过网络水军和我们的粉丝造势，把舆论往对方碰瓷的方向上引导。你只要专心完成培训，然后在公开场合，表示和萧琪没有任何关系，也没有多余的接触就好。其他的事，我会处理。”

一些事件艺人不方便正面回应，公司就会联系粉丝，通过他们引导舆论，消除事件的负面影响，但是如果这次也这么做的话……

柳哲知道自己的粉丝在叶潇的管理下，有着多么可怕的战斗力。

“这样引导的话，对萧琪会造成不好的影响吧……”柳哲想到这里还是有些犹豫，“能不能不去理会，就这样算了？”

叶潇看向柳哲，对方的眼里有真实的担忧。

叶潇长叹一口气：“你放不下她？”

“毕竟同学一场，别闹得见不了面。”柳哲说道，“而且，丢了角色对她的打击应该已经不小了。”

叶潇点了点头：“我知道了，你先去休息吧。”

柳哲垂头丧气地站起来。突如其来的绯闻让他始料不及，对萧琪的猜疑与担心交织在一起，他心力交瘁。

看着柳哲的背影，叶潇又问：“得到《九裳》的角色，你不开心吗？”

柳哲回头看了一眼，喃喃地说：“应该是开心的吧。”

柳哲走后，叶潇在椅子上坐了许久，看着手机屏幕上萧琪的资料，眼神越发凌厉。

与情绪外露的柳哲不同，萧琪一脸冷漠地坐在公司的会议室里。

坐在她面前的是脸上洋溢着兴奋的丰欢——游典方的直属上司，程凉生的下属。

程凉生并没有来见萧琪，这是理所当然的。自医院一别之后，两人都下意识地保持了距离，不再联系，即便在公司，也都刻意地避开了彼此。

“这是个好机会啊，萧琪，所以别为了丢掉角色的事情烦恼。”丰欢显然是担心失去角色这件事让萧琪太过在意，安慰道。

“什么好机会？”萧琪明知故问，语气冷得像十二月的寒风。

游典方坐在一边，游离在状态之外，完全搞不懂现在的情况，只能一脸疑惑地坐在萧琪旁边。

“现在正是柳哲大红大紫的时候啊，你可以借这个机会炒作，增加曝光率。媒体宣传方面的事情，我们会干，这个你放心。你跟柳哲是不是很熟，看看能不能让他有意、无意地和你互动一下？比如点赞你发的动态？哪怕他秒删都没关系。”丰欢侃侃而谈，将自己的计划和盘托出。

但一连串的话说下来，他悲哀地发现，萧琪对他所说的完全没有兴趣。

“我和他不熟。”萧琪说。

“你们不是同学吗？而且即便只是联络很少的小学同学，在一起培训了那么久，朝夕相处，你们总该有点儿交情吧？”丰欢在得到了程凉生的授意之后，对萧琪和柳哲的事做了不少功课。

“没有联系，我们都是自顾自培训的。”萧琪并不想配合丰欢的计划。

“一点儿方法都没有吗？你就说他是你的‘朋友的朋友’之类的？”丰欢继续努力着。

“没有。”

丰欢沮丧地捂住脸，无奈地问道：“你难道一点儿都不想出名，再次回到大众视线之内吗？”

“我不想用这种方式……”萧琪说道。

萧琪坐得笔直，像一只孤傲的天鹅。

她一路走来，虽然历经大起大落，但从未通过这种扒着别人炒作的方式来增加曝光率。

这其实也得益于之前程凉生对萧琪的名声的过度看重和保护。因此，萧琪完全没有怀疑是程凉生在背后推动这件事的。

到目前为止，她只是单纯地觉得这不过是一次偶然事件，或者说是上次柳哲在火锅店抽风的后续反应而已。

丰欢拍着自己的脑袋，无奈地强调道：“我的大小姐，你能

不能稍微正视下自己的情况？有这种机会，你为什么不去把握？而且已经因为这件事丢了角色，你难道不应该及时止损，让事情往好的方向发展吗？不然你到底想要什么？”

“我想得到角色。”萧琪坚定地说道。

丰欢怀疑自己的耳朵出了问题：“你说什么？”

“我想得到角色。”

“角色？什么角色？”丰欢诧异地重复着。

“去找黎叔，《九裳》的任何一个角色都行。”萧琪的眼神中透露出坚持，“没到最后一刻，我都会努力去尝试。”

丰欢觉得眼前的女人简直不可理喻，这是怎样的偏执才会让她在这种情况下，还想着要角色的事情：“引起了广泛的关注，重新回到了大众的视线内，以后有的是角色、有的是剧让你去演啊。确实，这次落选的是黎叔的剧，原本是一个非常好的机会，但也没重要到需要你再去追回来的程度吧？你到底是为了什么？”

她为了什么？

萧琪从去年开始，就一直在烦恼这个问题，即便到了现在，也说不出答案。但有一点她已经看得清楚了，她喜欢现在的生活状态，喜欢自己为一件事不断付出的过程。

她有一种强烈的预感，她一直渴望找到的答案，就在《九裳》之中，就在花易折这个角色的身上。她不想放弃这个机会，她想拿到这个角色。

不，她一定要拿到这个角色。

“那好。”

丰欢压抑着自己的情绪，控制着自己不在艺人面前发火，但眼前这个以前没怎么接触过的艺人，在他心里已经留下了“不知天高地厚、自我、难沟通”的负面印象了。在这之前，萧琪从进苏氏影业初期就一直是由程凉生一手负责的，其他的经纪人对萧琪都不熟悉。之后即便萧琪离开公司又回到公司，但那终究是公司上层的安排，而且她一回来，公司就指定了她的表哥游典方做她的经纪人，丰欢也就没怎么过多地干涉她的事。

这是丰欢第一次直接面对萧琪，但只是这一次就让他头痛：“你准备怎么做？我从来没听说过黎叔的剧组会让落选的演员回去。别说黎叔，剧组的任何一个人都不会有空再见你的。”

“我不知道。”萧琪倒是很诚实。

确实如她所说，她现在也想不出办法，怎么才能回到强黎的剧组。

“公司是怎么收到剧组的通知的？”萧琪只是从游典方那里听到了这个坏消息。

丰欢指着游典方：“他没和你说吗？是剧组直接打来的电话。”

“任岚义吗？”萧琪回想着和强黎接触的过程，他的身边也没几个她叫得出名字的人，就随便说一个试试。

丰欢似乎并不知道萧琪说的是谁：“任岚义？那是谁？”

“黎叔身边的选角导演。”萧琪解释道。

“这种通知的事，也不会是选角导演亲自打电话来啊，不过是助理打来的电话罢了。”

虽然萧琪本就没报什么期望，但丰欢的话，还是让她感到失落，不过在这个节骨眼儿上，还想着会不会是剧组搞错了，怕真的是在做白日梦了。

“所以好好面对现实吧。参演黎叔的戏，虽然对演员来说是很大程度上的认可，但也并不是百分百能够起到正面作用的，也有很多演员即便出演了里面的角色，但职业生涯一样没有任何起色。你与其将精力放在这里，倒不如现在配合公司，好好想想怎么利用这次的机会。”丰欢继续劝着萧琪，“这对你来说是不可多得的机会——是重新获得大众的关注，积累人气、卷土重来的机会。”

“这次的炒作就有那么大的作用吗？”萧琪并不相信一次绯闻营销就能达到丰欢所说的效果。

“当然不止一次，这需要连续不断地运作。这只是第一步。”丰欢兴奋地说道。

“演员出名是为了什么？”萧琪突然换了话题。

萧琪自己都被吓了一跳，这话并不是她说的，而是突然出现的南萧说的。

南萧迷糊地看了看四周，才反应过来，原来身体的主控权已经转移了。

丰欢一脸迷茫。他稍稍侧耳问：“你刚才说什么？”

倒不是真的没听清，而是丰欢怀疑是不是听错了，做经纪人那么多年，第一次听到有人问这个问题。在他的脑子里，这就和“人吃饭是为了什么”是一个道理。

“啊？哦。我是问，演员出名是为了什么？”南萧有些紧张地复述道。

丰欢确认自己的耳朵没问题以后，搓了搓自己的脑袋：“人气啊，人气。人气是演员的生命线啊！有了人气就有了一切！出了名，你就能选择自己想演的剧，就能得到属于自己的地位，就能赚到钱让自己过得更好！”

丰欢说得太过直白，南萧觉得有些刺耳。

南萧反驳道：“可是有很多演员都把演戏作为自己的追求不

是吗？他们努力地去塑造自己所满意的角色……出名不是演员的唯一目标吧。”

一连串毫无意义的对话早就让丰欢失去了耐心，这种在他看来完全是抬杠式的反问更让他差点儿失去理智：“你是新人吗？你是还抱有天真幻想的小女生吗？你进入这一行已经那么多年了，怎么会问出这么幼稚的问题？

“这里是哪儿？这里是苏氏影业。苏氏影业是什么？是让小朋友们手拉手唱着歌，憧憬长大后实现美好愿望的地方吗？不是，这是公司，是以经营为目的的公司。你所说的追求演技也好，或者其他的……管他是什么，在这里就只有一个标准，知道吗？就是你能不能赚钱！这是赚大钱，还是赚小钱的区别，而人气、知名度就是你赚钱的保障，明白吗？”

丰欢显然被气昏了头，这些话脱口而出。待他说完以后，逐渐回归的理智，让他的脸色异常苍白。

“这人怎么了，这么激动？”南萧在脑海里向萧琪吐槽道，他被丰欢的反应吓到了。

“你把他刺激得不轻。”萧琪看着丰欢，觉得好笑。

丰欢说的这些她早就知道，也并不在乎。

这本就是事实，有价值，你就是公司的宝贝，所有的资源都会向你倾斜；没价值，你就会被雪藏，直至合约结束，离开公司。这里冰冷，且没有人情味。

然而，萧琪对公司而言是有价值的，即便苏语仑亲自出马，也要让她回来，虽然她并不清楚这种价值是什么。

就在气氛尴尬，谁都不愿意再次开口的时候，突然响起了一阵掌声。大家都忘了旁边还坐着游典方，只见他拍着手，赞叹道：“哇，不愧是老大，真有气势。”

“什……什么？”丰欢难以置信地看着游典方，眼神中透露出“你在耍我”的疑问。

“老大，你这么一说我才知道，公司的目标是赚钱啊。我之前都没有考虑过这种事。”游典方坦承道。

丰欢的脸涨得通红，他直接摔门出了会议室，留下不明所以的游典方，以及同样傻了眼的南萧和萧琪。

他们与丰欢就这样不欢而散，但绯闻事件的影响依然如送进烤箱的面包一般飞速膨胀。

萧琪还没想到好办法联系强黎的剧组，网上的消息倒是越传越“魔幻”了。

几乎在丰欢给萧琪安排的营销计划启动的同时，有不下五个十八线女演员被爆料出与柳哲的绯闻有关。

很多媒体的稿子写得煞有介事，各大公众号、营销号都在用非常多的笔墨从各个角度分析这件事。

此时，程凉生正愤怒地坐在自己的办公室里，四处张望着想摔东西来泄愤。

丰欢可能只会认为这件事的发酵是他们错过了让萧琪蹭热度的时机，但程凉生知道内幕——这次他被叶潇耍得团团转。

“混账东西！不讲信用！”程凉生勉强压下一个电话打过去对叶潇狂骂的冲动。

关于萧琪的稿子已经发出去了，但同时出现了那么多蹭热度的女演员，这件事绝对没有那么简单。

一般来说，大公司的艺人，尤其是当红艺人有绯闻的时候，这些十八线的小公司的艺人是不敢这么明目张胆地来蹭热度的。小公司的资源、资金、人脉、背景都有限，做这种事一个不小心，就会得罪大公司和当红艺人。他们别说蹭热度出名了，能不能好好在业内继续走下去都是个问题。

就像丰欢和萧琪说的，蹭热度之后要配上一系列的后续曝光，利用大众目光聚集的时间，不断地制造话题、扭转形象等。小公司这么做了，很可能只在初期得到一个曝光的机会，之后所有的业内通路都有可能被直接封死——这简直是自杀式的搏命。

现在一下子出来五个，这正常吗？

而且这种绯闻对象一多，网友就会对事件的真假产生怀疑，甚至不用柳哲亲自出面澄清，大多数人会认为这些对象是在碰瓷。柳哲的形象不但不会受到任何损害，还会成为大家持续讨论的热点。

而萧琪已经被卷进这个旋涡，和十八线的女演员混为一谈了。这样的热度，别说对萧琪有所助益了，不让她的形象下坠得太厉害，程凉生就谢天谢地了。

也因此，萧琪被迫退出了强黎的新戏，柳哲轻松地拿到了角色。

叶潇的手段在这件事上可见一斑。

程凉生并不是想不到这一层，而是没想到叶潇敢做得那么彻底、决绝，一点儿都不留情面，而且行动相当迅速。

程凉生都可以想象到，如果去质问，也不过会得到叶潇的一句“并不知情”。

程凉生把丰欢叫进了办公室。

程凉生要反击。

这口气，他可咽不下去。

此时，南萧拨通了柳哲的电话，对方的声音冷漠，心情似乎

很糟。

“萧琪很生气。”南萧在电话里的第一句话是这么说的。

柳哲很茫然：“你是谁？”

南萧语塞，马上改口，气势已经弱了好几分：“我是萧琪，我很生气。”

“你有什么好生气的？”柳哲和叶潇聊完，心里就一直不好受。

萧琪是否真的如叶潇所言，一直怀着目的在接近他，甚至利用他？这个问题像一根针一般扎在他的心头。

“不就是因为你，害得我的角色都没了？”南萧兴师问罪，“该不会是你故意散布的这种八卦消息吧？”

“你胡说！”南萧的话彻底把柳哲这个闷了好几天的炸药桶点着了，“我是谁，我需要用这种下三烂的手法来挤对你？你脑子烧糊涂了吧？！我还没说是你故意利用我，制造这种恶心人的绯闻来炒作呢！”

“我利用你？先不说我压根不屑用这种手段，单说那么多一线明星，我偏偏挑你？你算哪根葱？”南萧听到柳哲的话后，抑制不住心中的怒火——这人在质疑萧琪的人品。

“我柳哲不算哪根葱？我有八百万粉丝！”

“八百万就八百万，怎么了？这跟我们有什么关系？问题是你算不算根葱！”南萧怒问道。

“算……不算！我……”柳哲发现自己被南萧绕进去了，这问题怎么回答都怪怪的，于是不打算跟他继续胡扯，“你到底打电话来干吗？”

“出气。”南萧回道。

“我还想出气呢！”柳哲回道。

“那我们决斗！”

“决斗？”柳哲一时没搞明白南萧说的“决斗”是什么意思。

“我们找个时间，约个地方，比比演技，看到底谁适合这个角色！”南萧下了战帖。

“你是不是有毛病？”柳哲觉得电话那头的人根本不是萧琪，可听声音又没错，但今天自己怎么都跟不上电话那头那个人的脑回路。

“怎么了，你不敢？”南萧皱眉问道。

“我第一次听说演员私下决斗比演技的，而且在这种舆论的风口上，我还要跑去和你见面？你当我傻啊！”

“那你到底敢不敢？”南萧可不管这些。

柳哲难受，浑身难受，这个“不敢”他不愿意说。理智一直告诉他，没必要理会这种明摆着是不正常的要求。

南萧的要求让柳哲非常为难，但最后他还是勉强答应了。

这让后来才知道南萧所作所为的萧琪很是不解。

这时已经是第二天的上午，距离南萧和柳哲约定的时间还有几个小时。

“你当选角这种事是儿戏吗，找柳哲决斗？我都不知道怎么评价你这种行为！”萧琪听了南萧的说明后，傻眼了，“我也从来没听过演员之间有约地方比演技的。”

“但是柳哲答应见面了啊。”南萧无辜地回道。

“他脑子里到底在想什么？会答应你这种要求。”萧琪长叹了一口气，“你的目的是什么？”

“帮你啊。”

“怎么帮我？你的计划是什么？”

“有两方面！”南萧煞有介事地说。

"嗯？"

"一是把柳哲约出来，比一比，让他良心发现把角色让给你；二是如果这样不行，就抓着他自拍一张，发到网上炒作。"南萧轻松地说道。

"你不是前两天还在怼丰欢，问演员为什么要出名吗？这就开始想着要炒作了？"

"我理不理解是一回事，做不做是另一回事。他们都说这对你是有好处的。"

"他们？"

"张总和洛叔啊，昨晚你休息以后，我碰到他们了。张总可是大力赞扬了我的这个做法。"南萧兴奋地说道。

"那两只老狐狸的话，你也信？我不会这么做的。"萧琪断然拒绝了南萧的提议，掏出手机给柳哲发消息取消这次的见面。

"为什么你不会那么做？"南萧问道。

"不为什么，我不喜欢。"萧琪简单地说道。

"你要怎么去竞争黎叔那边的角色？想到好办法了吗？"南萧这两天没少感受到萧琪内心的挣扎——那种走投无路的心情。

她尝试了通过游典方去联系剧组，也尝试了从张悠游那里找人脉直接联系强黎，去培训的地点找任岚义，也没有见到人，甚至去找了苏语仑，然而苏语仑并不想插手这件事。

南萧接着说："其实，柳哲是你可以再去试试的'路子'吧，由他出面帮你联系黎叔，也许更有机会？"

萧琪的手指停在了发送键上。

这一刻，她犹豫了。

确实如南萧所言，柳哲那里说不定是个突破口。不过也仅仅是片刻的迟疑，萧琪还是将信息发给了柳哲。

“我不想这么做。”

“只不过是见个面，也没什么……”南萧觉得很意外。

叮，萧琪还没说话，柳哲的消息已经发来了，非常简短：“我要见你。”

柳哲没有询问萧琪取消见面的原因。

这简简单单的四个字似乎藏着濒临爆发的压抑情绪。

萧琪皱着眉头看着手机屏幕，思索片刻：“那就按之前的约定来吧。”

“好。”柳哲的消息回得很快，但依然简短得反常。

“你昨天给柳哲打电话的时候，没什么异常吧？”萧琪问南萧。

“昨天我说得也很冲，和他吵架了。”南萧开始回忆昨天的那通电话。

当时天有些晚了，萧琪的意识已经休息了。

因为萧琪这两天十分烦闷，南萧的心里也不舒畅。他到客厅游荡的时候正好碰到了在喝酒的张悠游和洛秦川。几杯酒下肚，在张悠游的教唆下，他给柳哲打了电话。

“你喝酒了？”萧琪问道。

“呃……”南萧一时不知该说什么。

萧琪平时是禁止南萧喝酒的，酒会伤身，而这身体不是南萧的。

“这不是重点！柳哲在电话那头说你利用他。”南萧赶紧转移了话题。

“我利用他？”萧琪疑惑地问，“我利用他什么了？”

“他觉得你是有意接近他，然后故意制造绯闻来炒作。”

萧琪觉得一股怒火从内心深处骤然升起。她强压着愤怒，低

声问道：“你怎么回的？”

“我当然骂他了！我说他算哪根葱，值得我……值得你用这种手段利用他。肯定是他心虚，所以故意用这种方法让你退出黎叔的剧组。我强烈谴责了他的这种泼脏水的说法！”南萧回道。

“手段？这次的绯闻风波是有人刻意而为的？”萧琪似乎抓到了重点，“你是说这是他那边的手段？”

南萧赶紧解释道：“不是……当时我也是在气头上，才那么说的。我也没想过是不是他们搞的鬼。”

萧琪并没有回答南萧，而是立刻起身，套了件薄外套，就出了门。

如果真是有人故意这么安排的……萧琪要去问一个人。

她有必要去找一个人，弄清楚这一切的来龙去脉。即便这个人，她已经很久没见，并且也不想再见了。

程凉生一夜没睡，一直待在办公室里，看着网上关于萧琪绯闻事件的各种各样的消息。心理上的打击加上缺乏睡眠，让他有些精神恍惚。

当萧琪不顾丰欢的阻拦，推开他办公室的门时，他都没有立刻反应过来，而是辨认了好久来人，才站起来挥手让丰欢离开。

萧琪带着一股怒气，直接冲进了这里，但看到程凉生眼中鲜红的血丝时，还是立刻收敛了几分气势。

“昨晚没睡？”她问这个男人，下意识地带着些许关心。

“你来了。”程凉生突然觉得这一切很可笑。

他确实想让萧琪再来找他，让萧琪明白他的重要性，但不是在这样的场景、这样的时机，更不是在他像只斗败了的公鸡一样垂头丧气的时候。

“我不负责你的事务了。你来找我是有什么事吗？”他说。

“柳哲的事件和你有没有关系？”萧琪问他，语气却没她想象中的那么强硬。

“你觉得呢？”

“那就是有了。”萧琪熟悉他，这个男人的反问就是一种掩饰，答案已确认无疑，“为什么要这么做？你以前从来不会用这种方式去抬高我的人气，这是你不屑使用的手段。”

“这才是正常的手段和方式，以前是我太不成熟，在对你的营销上太过保守，以至于放弃了很多很好的机会。在这个圈子、这个行业，你不能太过爱惜自己的羽翼，不能一直傻傻地走正道。”程凉生回道，眼神中透露出不甘，“这件事就是给我的教训，但我会找回来的。”

“找回来什么？”萧琪第一次听到程凉生说这些，“以前也是你和我说，这条路，天道酬勤，我正当地去努力，就能成功。”

程凉生笑了笑：“世界没那么美好，离开了我，你总要看到这些背后的东西。”

“离开了你？”

“对，之前有我在保护你。”

“保护我？”萧琪有点儿想笑，“你的思想一如既往地幼稚，就像个幼儿园的孩子，自以为是地用自己的逻辑，满足着自己的乐趣。”

程凉生的笑意收了回去，脸上的肌肉在隐隐地抽搐。

“柳哲那边有没有推动这件事？”萧琪问道。

“这是叶潇的手段。”

“叶潇？”

“柳哲的经纪人。”

“所以是你和他搞的鬼？你们是单独行动的，还是在一起密谋了？”萧琪又问道。

程凉生移开了目光，“一起密谋”这种说法真的是格外刺耳，他一点儿都不想承认和那个人之间有交易。

所谓交易本应该是公平合理的，而不是造成现在这样的结果。

“你走吧。”

萧琪看着程凉生，目光中除了不悦之外，还带着怜悯，直直地投射到了程凉生的心里：“我确实也差不多要走了。我对你这种帮我的方式，没有任何兴趣和好感，以后别再做了。倒是你说的天道酬勤，我还想试试。”

说完这些，萧琪就离开了程凉生的办公室，出了公司，奔赴和柳哲约定的地点。

两人约在了一栋民宿。

这栋民宿地处偏远，是柳哲瞒着叶潇和公司，偷偷和朋友合伙购置的。平时都是他朋友在经营和打理，偶尔他需要放松的时候，会在没有住客的时候，来民宿待上一会儿。

酒店也好，住宅也好，公司也好，只要是叶潇知道的地方，他待着都会觉得有莫大的压力，他需要有这么一个只属于自己的地方。

他把萧琪约到这里，一方面，他并不想让叶潇知道自己的行程；另一方面，在这种时候，两人也不可能大大咧咧地去公共场合冒险见面。他想来想去，可能这里是最佳的地点，还很适合之前南萧说的决斗。

萧琪按响门铃，柳哲打开门，左看右看确认多次之后，才将她让进了屋子。

屋子很大，分为上下两层，底下是完全打通的大客厅，布置了很多适合游戏、交谈的小区域，二层则是三间大卧室，整个民宿很适合家庭旅行住宿。

柳哲坐在萧琪的对面，完全没有尽地主之谊的意思，眼中全是愤恨和疑惑。

“你就打算一直这样坐着吗？”萧琪靠在一张懒人沙发上，明明有很多事情想问柳哲的——问他知不知道他的经纪人在搞鬼；问他是否真的利用了这次的绯闻风波，让她退出了角色竞争；问他是否怀疑她……但自从进屋看到了柳哲的脸色后，她还是把所有的问题都吞回了肚子里。

显然柳哲也有很多话想说。

柳哲一直转着手里的手机，心情复杂，沉思良久之后，才开口问道：“你知道我喜欢你吧？”

“什么？”

萧琪对柳哲所说的话并不感到意外，事实上，柳哲在很多时候表现得过于明显。但在这个场景里，他突然问起这个，让她有点儿始料未及。

“你是知道的吧。”柳哲再次用一副期待但又疑惑的表情确认道。

萧琪跟柳哲对视，想从他的眼神里面读出更多的信息。她有些犹豫，不知道是不是应该正面回答柳哲的问题。

但就在这个瞬间，柳哲似乎已经得到了自己想要的答案。

“你是知道的。”他点了点头，用肯定的语气说道，“你知道我是喜欢你的，所以故意利用这一点是吗？”

“利用？”萧琪的眼神变得凌厉。

柳哲的问题，让她已经意识到接下来对话发展的方向了，那绝不是让人愉快的方向。

“不是吗？”

“把你的怀疑一次性说清楚，别阴阳怪气的。”萧琪不是个喜欢揣摩别人心思的人。

“我怎么就阴阳怪气了？”柳哲恼怒，把之前叶潇对他说的那些话，一股脑儿地全说了。

“你的意思是我利用你对我的好感接近你，再安排这场闹剧，哪怕这会让我丢掉想要的角色？”萧琪一字一顿地问柳哲。

柳哲的脸色微变，萧琪的话让他的内心又动摇了，但他依然强撑着：“对……对，我就是这么认为的。”

萧琪点了点头，冷着一张脸，面无表情地站起，丢下一句“我知道了”，转身准备离开。

柳哲立刻跳了起来，拉住萧琪的手，厉声问道：“你要走？”

“不走留在这儿做什么？”

“你不解释？”柳哲非常意外，事情的发展不应该是这样的。

“解释什么？我解释了你会听吗？”萧琪转身看向柳哲，面沉如水。

解释就是掩饰——柳哲把这句准备好的话，咽回了肚子里。他本来觉得面对自己的质问，萧琪无外乎三种反应，一是断然地否认，二是委屈地申冤，三是低声认错，但现在这是怎么回事？他已经完全处于被动了，他要拿出撒手锏。

柳哲打开手机，递给萧琪：“那这个又怎么说？他就是那天来找你的朋友吧？”

萧琪定睛看了看手机屏幕，上面罗列着一些微博营销号的稿子。稿子的风格让萧琪格外眼熟，大致都在说沈恩飞与柳哲之间的冲突，各种说法都有，有的甚至写两人为了某女星大打出手。

看到这里，萧琪已然知道发生了什么。

她皱着眉头接过柳哲的手机翻看，能猜到这件事的背后应该有张悠游的手笔。楚瑰太年轻，也太纯良，不会为沈恩飞想到这种方法。但柳哲跟她说这个，显然还是找错了人。

“这怎么了，什么怎么说？”萧琪问道。

“和你没关系吗？”

“你说那个‘某女星’吗？”

“别装傻好吗？”

“你的意思是他利用你炒作，这和我有关系吗？”

“难道没关系吗？”

“我和他又不在一家公司，我也不是他的经纪人，我有什么理由做这种损己利人的事？”萧琪已经不想再继续这种毫无“营养”的对话了。

萧琪说得很清楚，清楚得让柳哲的脸发烫。

柳哲并不傻，如果说怀疑萧琪利用他，是在叶潇的引导下造成的，他这么想还算有理由的话，那之后关于沈恩飞的事，确实不一定能跟萧琪扯上关系，但……

“他和你没关系吗，那么亲密？参演了一部剧还特地跑过来找你吃饭献殷勤？”柳哲咄咄逼人。即便理由站不住脚，他依然控制不住自己一直想着那俩人之间的关系，这一点甚至比萧琪有可能利用他更让他难受。

“这和你之前问的问题，有什么关系？亲密也好，不亲密也罢，与这件事又有什么关系？”萧琪的语气依然冷淡，甚至带着点儿轻蔑。

萧琪的态度，刺激着柳哲紧绷的神经。他吼道：“你在看不起我吗？这是很奇怪的问题吗？我在问你啊，你和他是不是很亲密？”

“和你有什么关系？”

“当然和我有关系！你明知道我喜欢你，故意安排他来找你吃饭，借机刺激我，让我失态。然后借此炒作话题，捧红他，让他踩着我上位！对，一定就是这样的！他才是你喜欢的人，我一直以来是个备胎吧！”柳哲眼神凶狠，嘴唇不停地抖动，违心的话不断从口中涌出，“你肯定还记得以前我曾经给你情书的事。我们一直没有联系，你突然又冒了出来。我还以为怎么了，你是因为知道了我的人气所以才来的吗？幻想着我是不是还会像之前那样，对你有好感，借机看看有没有往上爬的机会。难怪了……难怪有人说剧组里来了一个很神经质的女人，发疯似的要引起黎叔的注意，你的企图心竟然这么强烈！”

萧琪没有插嘴，静静地等待着他说完。

柳哲越说越心惊，眼前的女人眼神一点点地变冷，脸上完全没有了表情，仿佛戴上了石头雕成的面具，最后面具变成铠甲，一点点覆盖全身。

萧琪越是这样，柳哲越想刺激她，让她做出反应，哪怕是跟他翻脸，哪怕是扇他巴掌。

“都说在这个圈子混久了，人心会被腐蚀。我本来抱着幻想，想着你一定是例外的，现在看来我就是个傻子！什么美好、什么缘分，通通都是假的！你也不过是个为了达到自己的目的而不择手段的女人，怕不是……”

怕不是你也被潜规则了吧……

柳哲用仅存的理智强行让自己闭了嘴，有些话说出了口，就再也没有挽回的机会了。

萧琪的表情依然冰冷，柳哲反而露出了一副要哭的表情。他已经不明白自己今天的目的到底是什么了，更何况，这事本身并没有对柳哲的声誉造成任何影响。

他只是厌恶，厌恶出现在萧琪身边的沈恩飞，厌恶对自己的示好毫无表示的萧琪，更厌恶时刻放不下萧琪的自己。

“你说完了吗？”萧琪面无表情地问道。

“你……你就一点儿都不解释吗？”柳哲的语气已经完全没了之前的凌厉，听起来甚至像是在哀求。

萧琪打开手机，当着柳哲的面，删掉了所有柳哲的联系方式，随后关了手机：“从今以后，我们不是朋友了。再见。”

萧琪没正眼看柳哲，只是一步接着一步走过柳哲的身边，从客厅走到玄关，不紧不慢的。

柳哲伸出手，但指尖仅仅触碰到了萧琪的手背，他想挽回却开不了口。门在他的眼前关上，发出干净清脆的咔嚓声。

萧琪离开民宿之后，并没有叫车。这里处于自然风景区，路旁种的并不是常青树，在依然寒冷的初春，光秃秃的枝干上，只有零星的几个新芽，迎着风瑟瑟发抖，也不知道能坚持多久。

“你没事吧？”南萧的声音出现了。

他一直默默地看着他们交涉，柳哲的言行让他厌恶。

“没事。”萧琪回答得很快，条件反射似的。

“你真的没事？”南萧加重了“真的”两个字，又问了一遍。

“没事。”

“别勉强自己，我一直在你身边。我能够感觉到你的情绪。”南萧说道，“一个女孩子并不用随时随地都让人觉得她很坚强。”

南萧的话音刚落，萧琪的眼泪从眼中滑落。

“我委屈。”萧琪说道。

“我知道。”南萧尽量用温柔的声音安慰道，想象着自己伸出双手，从后面紧紧地搂住萧琪，让她能够靠在自己的胸膛上，“我想拥抱你，让你能够放声哭出来。”

萧琪抹掉本就不多的泪水。

“不必，谢谢。”

“……”

网上的舆论风波，起得快，消失得也快，尤其是双方都有意平息舆论。到了三月底的时候，网上已经没有了关于柳哲和萧琪的八卦消息。

出乎萧琪意料的事发生在一个所有人都对别人时刻提防的日子——四月一日。

她正对怎么重新找回试镜机会一筹莫展的时候，却接到了任岚义的电话，带来了一个让她忍不住觉得对方是在捉弄她的消息。

“黎叔让你来剧组。”电话那边的任岚义说道。

“今天是愚人节……”萧琪不太确定地回道。

任岚义听到萧琪回答，差点儿笑出声，带着笑意回道：“这段时间你可是给我打了不少电话，现在好消息来了，反倒不敢相信了？我知道今天是愚人节，但这并不是愚人节的玩笑。”

“那能告诉我原因吗？”鉴于前几次和强黎接触的教训，萧琪谨慎了很多。

“嗯？你在犹豫什么？”任岚义问道，随即似乎又理解了，“你在担心是不是坏消息？在这几件事发生之后，你难免会有这种想法。我不能说一定会有好结果，但对现在的你来说，肯定是个好消息。”

“我只是有点儿疑惑，之前一直试着联系黎叔，都没回音，你们怎么突然主动找上我了。”

“原因有很多方面，你想听吗？”

“想。”萧琪确实想知道是怎么回事。

这段时间她没少找关系，也没少打扰任岚义，得到的答案都是否定的。

“首先是柳哲……”任岚义说道。

“柳哲？”这让萧琪有些意外，和柳哲决裂之后，他们便没了联系。

“对，他找了黎叔，说希望能把你加回候选名单。理由是他不能接受你因为和他有关的绯闻而被淘汰，而且这还会让他在接下来的培训里，因为没有压力而难以百分百地投入。对了，这里我要替黎叔问一句，你和他有没有关系？传闻是不是真的？”

“不是，我和他一直都只是朋友关系，而且……”萧琪本想说“已经绝交了”，但话到嘴边，又说不出口。

“而且？”

“没什么，不用在意。我和他之间没有那种关系，也不会有那种关系。”萧琪认真地回答道。

任岚义沉默了一会儿：“好的，我了解了。这一块其实黎叔并没有提起，只是出于我自己的好奇，你不要在意。”

“没关系，子虚乌有的事，提起来并不会造成不愉快。除了柳哲，还有什么原因吗？”

“还有你们公司的经纪人，似乎动用了很多关系，找到黎叔，当着其他人的面，给黎叔跪下了。虽然这本身对黎叔没有什么用，但也着实让组内的其他人挺有感触的。”任岚义回忆着。

"经纪人？"萧琪想到了游典方，但这种行为怎么都不可能是游典方会做出来的。她不免感到诧异，向任岚义确认道："哪个经纪人？"

"我记得，是叫程凉生吧。"任岚义说道。

萧琪听到这个名字，内心一紧，说不出话来。

程凉生？为什么是程凉生？这段时间，她拜托了不少人，但唯独没再去找程凉生，也只有程凉生是她从未想过会出手帮忙的人。她更想不到的是这个男人会为了她的事，在众目睽睽之下跪下，那明明是个自尊心极强的男人。

"你很意外？"任岚义听萧琪没有反应，猜测着。

"他说了什么？这应该也不是靠下跪就能解决的事情吧？按照黎叔的性格，确实不会吃这一套。"萧琪努力稳住情绪。

"他是正正经经地来认错的。"

"认错？怎么是认错呢？"

程凉生有什么错？他玷污了她的名声？但那也只是对她的影响而已，对剧组、对强黎来说，他并没有犯什么错误，更别说要严重到跪下的程度。如果是他下跪求人，萧琪还能理解，下跪道歉……

"你不知道？"这回轮到任岚义吃惊了，"你们这公司还真有意思。"任岚义带着笑意说道，"最开始不是你的经纪人专门给剧组打了电话，表示退出这个角色的试镜吗？现在又想把你放回来，自然是需要来认错的啊。本来黎叔就在你和柳哲两个人身上犹豫不决，想通过让你们竞争的方式去坚定自己的想法。结果有一方突然退出了，他郁闷了好一阵子。"

"等等，你说是我们这边首先提出放弃这个角色的？"

"对，一个叫丰欢的经纪人，打电话过来和我们确认的。苏氏影业还是有大公司的毛病啊，一层层的衔接上有纰漏。单单因为你一个艺人的事，和我们接触的经纪人就已经有三个了啊。”

说什么大公司的毛病，其实是任岚义给了面子。萧琪之前的反应已经让任岚义知道，她和公司之间有隔阂，以至于经纪人在处理事情的时候，会瞒着她。

萧琪勉强回了句：“这样啊。”

一切都是谎言，游典方只是被通知的人，丰欢是执行人，至于谁是授意者，已经不言而喻了。之前因为程凉生下跪这件事所带来的些许触动，也在这一刻烟消云散。

“不过这些都不是主要原因。”任岚义似乎注意到了萧琪的情绪，立刻又绕过了这个话题。

“不是主要原因？”萧琪下意识地问道。

任岚义长叹一声：“黎叔这人怎么样，你们都只是听传闻了解的。其实你们不知道，刚说的柳哲也好，那个经纪人也好，若是黎叔真的决定不再起用你，他们这些伎俩是一点儿用处都没有。黎叔从一开始关注你，就是因为你的那种死缠烂打的风格，不管怎么样都会努力的态度。他喜欢这种演员，用粗俗一点儿的话，就是耐折腾——能够为了角色去争取的疯子。所以在演技、角色和适合度之外，黎叔最看重的是一个演员的执着。这段时间你自己一直在想办法联系我们，甚至还去了培训的地方吧？虽然没给你回应，但黎叔都知道。”

“谢谢。我只是……”萧琪有些啼笑皆非。

“好了，不多说了。你最近什么时候有档期，来我们这儿一趟？”任岚义问道。

“我最近都有空。”

和任岚义确定了见面的时间，挂上电话，萧琪望着眼前的白墙出神。

“你不高兴？”南萧的声音冒了出来，“这不是值得高兴的事情吗？”

“高兴啊，怎么会不高兴？”萧琪回应道。

南萧嗤笑，吐槽道：“完全没有感觉到你很高兴。你反倒无精打采的，是因为程凉生，还是因为柳哲？”

“我无精打采，就一定是因为男人？”

“嗯，我猜是的。其实我还挺心疼沈恩飞的。”

萧琪哼了一声：“怎么又说到沈恩飞了，你是要把所有出现在我身边的男人说一遍吗？”

“你想聊聊洛叔或者张总的话，也可以啊。或者你现在的老板，苏语仑？”南萧打趣道。

“去你的。你心疼沈恩飞什么啊。”萧琪没好气地说道。

“你说这几个男人，都算是对你有点儿意思吧？就他像只蜜蜂似的在你身边乱飞，还带个自动扩音器，而最近你心里想到的柳哲和程凉生，都在伤害你。”

“你的话很多啊。你什么时候那么多嘴了，我又什么时候想到柳哲和程凉生了？只不过任岚义刚刚说起了而已。”萧琪有些气恼，立刻又解释道，“我是生气。”

“生气？”

“我自己的意见和想法，在他们眼中，根本不重要。柳哲没有听过我的解释，也没有问过我就自作主张地去求黎叔，至于程凉生则更过分，从来没有问过我的意愿，随意地安排我的工作，说让我退出的人是他，求人让我回去的也是他。那我到底是什么，是这两个男人的附属品？我就得好好地接受这种他们给我求回来的机会？但这个机会偏偏是我最渴望得到的，我必须接受这份强加在我身上的人情。”

“事情本就是他们搞出来的，他们帮你善后，你理所当然地接受不就行了？”南萧轻松地回答道。

“真那么简单就好了，但……”萧琪欲言又止，不是因为说不出口，而是不知道怎么表达。

“你想要什么？”南萧又问。

“想要什么？”萧琪的目光落在书架旁散落的武侠小说上，那是之前游典方搬来的——按照任岚义给的书单，一本不落地买来的。

“你内心想做个演员，你一直在找寻演员的内核，一直在找自己坚持走这条路的理由。那就单纯做个演员，既然机会回来了，就去抓住吧。”

萧琪并没有回答，而是站了起来，将书一本一本地放回了书架。

第八章
演技上的对决

楚瑰乐呵呵地拿着手机，指尖上下轻滑着屏幕，目光突然转向在一边吃着泡面的沈恩飞。现在是节目中间的休息时段，两人正坐在电视台安排的休息室里。休息室很小，不过对沈恩飞这种刚出道的演员来说，能有独立的休息室，已经是很不错的待遇了。

“喂喂喂，问你啊。你说人如果没有实体的话，能去爱人或者被人所爱吗？”楚瑰放下手机，问沈恩飞。

“怎么突然这么问？”沈恩飞吸着泡面。

“在看一部网上连载的漫画，里面有说到这个问题，就想问问你。”

“什么叫没有实体？”沈恩飞随口答着。

“嗯……你可以理解成没有身体。”

“那还是人吗？”沈恩飞翻了个白眼，“你是不是傻？”

楚瑰被怼得有点儿生气：“你才傻！有没有点儿美好的、浪漫的幻想！你这人怎么这么无趣？算了，想想你也不懂什么叫爱。”

“我会不懂爱？”沈恩飞放下碗面，举着个塑料叉子挥舞着，“我怎么可能不懂？”

“那你交过女朋友吗？”楚瑰犀利地问道。

沈恩飞脸一红：“没，没交过也可以懂爱啊。我不会制冷，也可以用冰箱啊。”

“不会制冷是因为你没这个功能，又不是你不想制冷。什么歪理，你也就口头说说爱啊爱的，也没见你有什么表现。”楚瑰嘟囔着。

“什么表现？”

“你不是喜欢萧琪姐吗？逢年过节也没什么表示，情人节都没见你有什么行动，你真的认真地在喜欢人家吗？还好意思说你自己懂爱？”

沈恩飞嘴张了张，说不出什么话，干脆又捧起碗面开始喝里面的泡面汤。

看着沈恩飞的样子，楚瑰眼中闪过一丝心酸：“怎么不说话了？被我说中了？想想也是，萧琪姐那么优秀，怎么想你都是配不上啊，早点儿放弃了对你自己和她都好。”

“我放弃个鬼！沈恩飞的字典里就没有‘放弃’这两个字。”沈恩飞嘴硬地回道。

“世界上的女人那么多，你何必要死命追求一个和你不相配的呢？”楚瑰挑着眉说道，“何况，听你之前的说法，那个柳哲八成也喜欢萧琪姐，你说人家又英俊、人气又高，各方面都比你好多了，你怎么和人家竞争啊！”

“嗯？那个瘦皮猴子，我哪一点不比他强？”

沈恩飞听到柳哲的名字，心情就变得有些微妙，一方面因为之前的舆论闹剧，给自己增加了不少流量，拉来了不少新粉丝，但另一方面也让他意识到柳哲在网上的影响力是自己完全没法相比的。从这个角度来看，就好像一个穷小子要和福布斯排行榜上的富豪竞争一般，除了身材之外，自己还真没什么自信。

他有时候表现得是挺“二”的，但他不是个看不清状况的人。

“那你说，你哪一点比人家强了？”楚瑰也有些上头地戗沈恩飞。

“身高！”沈恩飞一脸正经地答道。

楚瑰听到这个回答立刻噗的一声笑了出来：“这个确实无法反驳……”

原本紧张的气氛瞬间化解，沈恩飞向楚瑰求助：“说正经的啊，你和萧琪认识那么久了，偶尔也给我支一支着啊。”

楚瑰一愣，不确定地问道：“你的意思是，让我帮你出主意追萧琪姐吗？”

“有问题吗？”沈恩飞问道。

楚瑰撇了撇嘴，略带幽怨地说道：“有时候，你这个人真的很过分。”

“过分？”沈恩飞莫名其妙地看着楚瑰。

“我的意思是说，追女孩子这种事，不是应该自力更生才显得真诚吗！我才不会帮你！”楚瑰不由自主地提高了声音。

“你怎么突然生气了？”

“我哪儿有突然生气？”

“真是搞不懂你们女人，说变脸就变脸。”沈恩飞皱着眉头。

“我也搞不懂你们男人，都那么信誓旦旦、那么大男子主义，却连付出一点儿努力追女孩子都不肯。”

“我哪里不肯了，萧琪要是现在进来，我立刻行动，你信不信？”

门吱呀一声开了，萧琪握着门把手站在门口，注意到了僵持着的两个人，有点儿意外地说道：“哎？楚瑰？沈恩飞？”

“萧……萧琪姐。”楚瑰有点儿尴尬地打了招呼，气势弱弱地问了句，“你……你都听到了？”

“听到什么了？你们在说什么吗？我开门前在想事情，也没注意听。提到我了？”萧琪淡然地回道，“这些先不管，你们怎么会在这里，这是……”

“萧琪！”沈恩飞略显粗暴地打断了萧琪的话，转而一本正经地说道，“萧琪，我真的喜欢你，你做我女朋友吧！”

一脸认真的沈恩飞，等着萧琪回答，虽然这个答案之前不是没听过，但内心还是有所期待。

然而……

“哦。”萧琪轻描淡写地应了一声，转头问楚瑰：“这里是2D休息室吗？”

楚瑰轻轻摇头，回道：“不是啊，这里是2B。”

萧琪不满地啧了一声：“游典方又带错路了。你们在这儿干吗呢？”

楚瑰看了看一脸吃瘪相的沈恩飞：“今天开始沈恩飞要上一个综艺节目，这一个月都会在这里。倒是萧琪姐，你怎么来了？”

萧琪点了点头:“我来见个导演,既然走错了,那我先过去了,我们回头聊啊。时间不等人。”说完,她也没等楚瑰和沈恩飞跟她道别,直接关上了休息室的门。她是来见强黎的。强黎今天在电视台的其他影棚录个节目,接着就要去机场,赶去另一个城市,所以见面的时间只有下午。

“她刚才到底听没听到我在说什么?”沈恩飞愤愤不平地说,“是不是故意无视我?”

楚瑰抓了抓脑袋:“应该只是没注意到吧,她看起来似乎心事重重的样子。该不会……”

“该不会?”

“该不会在认真地考虑要接受哪个追求者吧?”楚瑰调侃道。

沈恩飞的脸色一下子变得惨白,他似乎完全信了楚瑰的话。

萧琪在电视台的楼层里转了几圈,才找到牌号是“2D”的休息室。明明B和D中间只隔一个字母,两间休息室却相距很远。与2B的狭小不同,这间休息室光从木质的双开门就可以感觉到里面的宽敞。而这扇门后,是那位到目前为止,对萧琪来说印象最深刻的导演。

每次见强黎,她都感受到莫大的压力,要是南萧在,她的心情会好得多。最近南萧醒着的时间越来越短,萧琪已经明显感受到这种趋势,今天从早上到现在——现在已经过了中午,南萧也没有清醒的迹象。

她推开门,屋内是很大的休息厅,铺着厚实的地毯,放着长长的真皮沙发。整个休息室只有强黎和任岚义两个人,强黎坐在一张单人沙发上面,捧着一本书,细细地品着,似乎并未注意到萧琪的到来。

任岚义朝萧琪示意，让她主动和强黎打招呼。萧琪微微颔首，上前喊了声："黎叔，你好。"

强黎把书合上，放到了一边，才抬头看了一眼萧琪，指了指旁边的沙发，语气很平静："这边坐。"

萧琪看了看强黎，有些拘谨地坐到了沙发上。

结果，强黎却大笑了起来："我很可怕吗？"

萧琪尴尬地笑了笑，虽然很想回答"是的"，但总不至于真那么老实："黎叔有时候让人琢磨不透。"

"琢磨不透？"强黎今天的心情似乎不错，"我和你确认一件事，你老老实实地回答我。"

"您说。"

"之前是你自己要退出角色的竞争，还是经纪公司瞒着你做的决定？"强黎眼睛微眯，目光将萧琪整个笼罩了，不打算放过她的任何表情。

萧琪知道，自己这时候如果露出一丝犹豫或退缩，都逃不过强黎的眼睛，但这个问题并不好回答。她没办法预料如实回答会造成什么样的后果，若是她把责任都推给公司，身为剧组负责人的强黎，又会怎么看自己呢？

"不是我的决定，但应该也不是公司的决定。一定要说的话，应该是负责我的经纪人的上级的个人行为吧。"

"所以，把责任都推给那个人吗？你自己内心深处，有没有想过要放弃？"强黎的话让人听不出用意，反倒让萧琪更加谨慎。

"黎叔，您想要得到什么样的答案？"她决定主动出击。

"我不想得到什么答案，我只想知道，你有没有想过放弃？"

"没有！"这句话，萧琪说得很坚决，"我从来没有想过放弃这个角色，我有一种感觉，我一直想要追求的答案，就在这次的角色之中。”

“哦？你在追求什么问题的答案？”强黎突然有了兴趣，嘴角上扬。

“我到底喜不喜欢演员这个职业、到底想不想做演员的答案。”萧琪看着强黎，话一出口后，自己都有些意外。

这些疑惑，她竟然在强黎面前这么坦然地说了出来。

“你都当了十几年的演员了吧，现在才来想这个问题？”

“以前做演员，我是为了别人，现在我在考虑我自己。”萧琪说着话，眼中闪着光。

强黎又笑了，今天的他似乎特别爱笑，跟平时不一样：“那我给你这个机会。岚义，你负责跟进。”

任岚义在旁边点头说道：“好。”

紧接着，强黎站了起来，对萧琪说道：“时间差不多了，今天就这样吧。”

说完，他便离开了休息室。

萧琪站在训练馆的门口，时隔一个多月，她终于又回到了这里，内心略有忐忑。一会儿要是见到柳哲，她该用什么样的态度去面对？说不上恨他，但她肯定也不喜欢他，之前的猜疑和不信任让她失望，而他紧随其后的帮助，也并没有减少那场闹剧给她带来的负面情绪。

她不敢想象再和柳哲一起训练，场面会有多尴尬。她并不想见到柳哲，可再怎么样，她还是得面对，这是逃不掉的。她深吸了一口气，想伸手去开门，却发现手完全抬不起来。

“你好，请问你是萧琪小姐吗？”远远地走过来一个人，那人眼神锐利，戴着一副金色细框眼镜，手上捧着一杯咖啡，似乎在街边等了许久。

“你好，你是？”萧琪有些犹豫地问道，对方彬彬有礼的态度反倒让她有些不自在。

“叶潇，柳哲的经纪人。”对方递过来一张名片，“之前和萧小姐有过联系，那次还多亏你联系我，从商场接走了被困的柳哲，还没当面向你道谢。”

一听叶潇的名字，萧琪就立刻戒备起来，之前程凉生曾说过，这个男人就是那场风波的背后推手：“你这次来找我，不会只是为了道谢吧？”

叶潇微笑着挑了挑眉：“方便抽时间和我聊一聊吗？”

她并不想去。萧琪本能地有些抗拒和这个人接触，尤其是见过程凉生提起眼前这个男人时的深恶痛绝，她可以明显地感觉到眼前的男人并非善类：“现在不太方便，马上得去报到了。”

“今天的培训是下午一点开始，”叶潇看了看时间，“算上来回路程，我们还有 40 分钟可以聊。”

萧琪皱了皱眉，流露出了不悦：“我能问问具体是什么事吗？”

“关于柳哲。”叶潇似乎欲言又止，“我需要和你聊一聊。”

其实她能想到，除了柳哲之外，叶潇也不会因为其他事找她的，不过，这段时间发生了那么多事，柳哲的近况她还是有些在意的。

萧琪长叹一口气，问道：“柳哲，他怎么了？”

“前面有家咖啡厅还不错，我们去那边坐会儿？我请你。”叶潇没有正面回答萧琪，似乎笃定她一定会和自己走一趟，他并没有等萧琪回答，先向前走去。

萧琪无奈地在后面跟着，忍不住在心里吐槽：她身边出现的这些男人，一个比一个更加以自我为中心。

咖啡厅不远，走了不到十分钟，叶潇和萧琪已经坐到了咖啡厅的角落，他们特意找了这个不太会引起别人注意的位置。他们匆匆点了两杯咖啡，叶潇要了美式，萧琪则点了一杯拿铁。

“现在可以说有什么事情了吗？”萧琪毫不客气地盯着叶潇，如果确实如之前在程凉生那里所得到的信息那样，那她并没有客气的道理。

“之前绯闻风波的幕后推手就是我。”叶潇坦白道，却没有任何歉意。

萧琪挑了挑眉：“你好像不是来寻求我的原谅的。”

“原谅？”叶潇随意地笑了笑，“萧琪小姐别误会，这事本就没什么原不原谅，我并没有对不起你，不是吗？”

“怎么没有？你损害了我的形象。”

这句话之后，叶潇眯着眼，认真地看着萧琪的眼睛，随后感慨道：“原来如此。我还奇怪以程凉生的手段，怎么带了你那么久，你还是一直起起落落的。这次他也没告诉你，他是幕后推手之一吧？甚至他是最早的操盘人。”

虽然程凉生没有承认，但萧琪也早就感觉到了这一点。

“我能猜到。”

叶潇呵了一声，微笑着说道：“很好，还不算太单纯。”

“你是来嘲笑我的吗？”萧琪竖起了眉头，充满不悦地问道。

“我希望你退出黎叔的剧组，把机会让给柳哲。相对的，我会想办法给你安排起码同等级的机会，以及一笔酬劳。”叶潇扶了扶眼镜。

“你就那么不信任柳哲？”萧琪对叶潇的提案感到惊讶，“认定了他和我竞争就拿不到角色？”

“我信任他，这不过是将风险降低到最小的做法。”叶潇似乎非常不满，又补充道，“我对自己手上艺人的实力了如指掌，这点不需要你来质疑。”

“那你又是为什么如此千方百计地希望我退出？”萧琪并没感到气愤，只是好奇叶潇的执着，而且她坚信即便叶潇给出再优厚的条件，自己都会拒绝。

“任何时候都不放开任何机会，这是我的行事准则。既然之前让你退出的方式都失败了，那么再来一次，我也是会尝试的。”叶潇的语速并不快，他在说的同时，一直在观察萧琪的表情，像个谈判专家。

“柳哲对你那么重要吗？想方设法地希望他能够成功？”

叶潇突然笑了，笑得很轻，像是听到了什么笑话，他带着笑意问萧琪：“你觉得演员、艺人和经纪人之间是什么关系？”

演员和经纪人的关系？

萧琪最先想到了程凉生，程凉生和自己是什么关系，或者说之前还在一起工作的时候，他们是什么关系？她依赖程凉生，程凉生照顾她。之后的经纪人是张悠游，张悠游和她之间只是纯粹的工作关系，到了现在，她的经纪人是不靠谱的游典方，与其说他们是工作关系，她更觉得自己像是养了一只传话用的话痨八哥。她不清楚在叶潇的眼中，柳哲处于什么位置。

“工作关系？还是朋友？或者是目标一致的伙伴？”萧琪问道，在她说出“伙伴”这个词的时候，心里不由得笑了，她还是受南萧的影响颇多，这种带点儿“中二”味道的词都能说得出口。

“都不是。”叶潇笑着摇了摇头，“像你这样的人，一定会觉得对于演员来说，重要的就是作品。”

萧琪的眼中露出疑惑。

“演员表演的本质是取悦观众，是让观众相信演员在认真地取悦他们。戏子终究是戏子，没有观众，演员就什么都不是。那么经纪人是什么？经纪人是艺人背后的操偶师，让艺人从各个方面都展现出大家想看到的样子。粉丝想看艺人努力，就让他们看到他的努力；想看艺人成长，就让他们看到艺人遭受挫折，破茧化蝶。艺人就是经纪人手中的作品。经纪人要做的就是制作和培养出优秀的作品，然后让这个作品产生价值。”叶潇滔滔不绝地讲着自己的观点，语气温和、充满自信。

萧琪长叹一口气：“叹为观止。”

“叹为观止？”叶潇对萧琪的反应并不满意。

“你这种自我陶醉的个人中心主义者，真的让我叹为观止。”萧琪摇着头叹息道，“你和程凉生真的可以算是一类人。”

叶潇的眼神冷了下来，但他仍维持着嘴角的笑意：“这个世界就是这样，美好的永远是愿景，现实从来不是美好的，甚至不是真实的。”

萧琪回应着对方的笑意，也带着微笑问道：“为什么和我说这些？”

“因为想让你明白，机会加上酬劳是最现实和有利的选择……”

萧琪摇头。

“你也和程凉生一样，在做这个决定前，没问过你的艺人柳哲吧？”萧琪问道。

叶潇没有回答，眉头微皱，喝了一口咖啡。

“恰恰相反，我现在如果接受你的提议，柳哲反而不会按你的期望拍这部剧。”萧琪说道，“我觉得可能你和你的‘作品’

之间交流得太少了，你应该完全不知道柳哲去找黎叔，希望黎叔重新把我列为角色候选的事情吧？”

叶潇的笑容完全消失了。

柳哲确实没有和他提起过这件事，他也没有得到任何的风声，他只是得到了萧琪被重新列为候选的消息。他嘲笑过程凉生，也诧异过强黎竟然召回萧琪的决定，但万万没想到，柳哲竟然背着他，去为萧琪求情。

“看起来，果然他也没有和你打过招呼。那么，我和他说在你的威逼利诱之下，我又退出了这次角色的争夺，你觉得按照柳哲的个性，他会怎么做呢？”

叶潇喝完咖啡，将杯子放回桌上，发出碰撞声：“还有这么回事，还多谢萧琪小姐知会我一声了。”

对话进行到这个地步，就已经开始偏离了叶潇一开始所想把控的方向了。这让一直运筹帷幄的叶潇，开始显露出了烦躁的心态，他在和萧琪的对话中，竟开始逐渐处于下风，且并不是对方多么有谈话技巧，仅仅是因为自己这边出了个意外因素。

“我再多说两句，关于柳哲的。”萧琪有些犹豫，想了半天还是说出口了，“我和柳哲已经断绝了往来，简而言之就是绝交了，你不必再在这方面有所担心。柳哲之前可能是喜欢过我，但我现在没有恋爱的心情。我似乎比你更了解他，你和柳哲之间的交流似乎太少了，你并不了解他内心深处真正的想法。其他人我不清楚，但他绝对不会接受我让给他的机会，他现在应该也想正儿八经地和我好好竞争。”

叶潇扶了扶眼镜，一直眯着的眼睛、紧锁的眉头也显露着他现在的心情。

萧琪继续说着：“我并不认同你对演员的看法，也不认同你

对演员和经纪人关系的看法。你和程凉生，或者说和这世上大部分的强势者一样，都希望自己能够运筹帷幄、掌控一切，但人就是人。演员有自己的思想、欲望和追求，有自己所认可的获得成功的方式，只是听从你的建议，摆出一副你想要的样子，柳哲就永远成不了真正的柳哲。”

“柳哲现在在社交平台上有那么多粉丝，一向追求真实的你又有多少？”叶潇的话更像是说给他自己听的，“我才是正确的。”

“那柳哲自己又为什么会接这部剧？”萧琪直视着叶潇的眼睛。

叶潇回答不出来，是他给了柳哲这个角色，让柳哲去试镜的，这种话说出来就等于承认对方之前的说法都是正确的。

“人或许会迷茫，或许会随波逐流，但当找到自己的目标时，就会变得无所畏惧。人偶始终是人偶，只有真实且纯粹的人性才能打动人、吸引人。演员要带着观众去领略角色的内心情感，去经历生活中不会经历的事。演员从来不是取悦观众的小丑，而是观众的引路人，带观众更好地领略剧情的魅力，让观众与演员产生情感上的共鸣，给观众身临其境的感觉。我是这样想的，我相信柳哲也会如我这般认为。”

“叹为观止。”

“彼此彼此。”

咖啡厅的门伴随着急响的风铃声打开了，门外冲进来一个戴着帽子、口罩、墨镜三件套的人。来人从阳光强烈的室外一下子进入室内，眼睛一下子没缓过来，摘了墨镜甩了甩头，急忙东张西望起来。

“这位客人——”上前招呼的服务员被晾到一边。

萧琪指了指门口，对叶潇说道：“找你的？”

叶潇点了点头："让你见笑了。"

那人一溜烟地跑向两人，又在距离两人桌子两米左右的地方停下脚步，看向萧琪，又立刻移开视线，小声问道："叶哥，你在干吗？你别搞一些有的没的！"

叶潇笑了："我和萧琪小姐喝个咖啡，和你有什么关系？"

来的人正是之前一直出现在二人对话里的柳哲。

萧琪也顺势站起来："那我先走了。很抱歉，叶先生的提议，我就婉拒了。"

叶潇点了点头，示意不在意。

萧琪路过低头不敢看她的柳哲时，低声说："加油。"

柳哲突然身子一震，急忙抬眼去找萧琪，只能看着萧琪的背影出了咖啡厅，再也看不见了。他叹了口气，转头问叶潇："下午不是还有通告吗？是不是得抓紧时间过去了？"

叶潇敲了敲桌子："你就不想知道萧琪拒绝了我什么提议吗？"

"想！"柳哲脱口而出，又摸了摸头，有些不好意思，"但叶哥的事，平时都不让我过问的，我也相信叶哥的判断。"

叶潇把咖啡杯推到一边，指了指对面的位置："你坐下来吧，还有点儿时间，我们聊一聊。"

萧琪出了咖啡厅，阳光透过树枝，带来了温暖。萧琪的心情不错，这次一波三折的试镜，渐渐走到了最后，没有多少培训时间了。接下来和她竞争的柳哲，也将会是完全进入角色的柳哲，她也得全力以赴才行。

萧琪这么想着，在阳光下伸了个大大的懒腰，说着"加油"给自己打气，眼前的视野突然不受控制地变动了下。

南萧控制了身体，有些迷糊。

萧琪在脑海中反而觉得好笑，略带关心地问道："最近你的精神状态没问题吧，怎么醒来的时间越来越晚了？"

"最近有点儿事，倒了时差。其实晚上我不是都在吗？"南萧打着哈哈，"没想到意识刚醒来，就直接跟你换了位置……接下来你是要去哪儿来着，我记得之前是今天要去参加培训吧？"

"你成为夜行动物了？"萧琪打趣道，倒也没有过多地追问，"别累坏了我的身子就好了。今天确实要去培训，你行吗？"

他没信心。南萧无语地望着天，回想着之前的培训经历，事实证明，同样的身体条件，精神力不够，他就还是一个菜鸟。

"不过，见识过了那么多的经纪人，张总是不是真的有点儿本事？"南萧突然问道。

"张悠游？"萧琪想了想那个厚脸皮的人，还是点了点头，"其实我还是很好奇他和苏语仑之间的关系。"

"关系？之前不是听说两人闹掰了，张总才会那么惨的吗？"南萧回想着从洛秦川那边听来的八卦消息。

"那都算不上是当事人的一面之词，只不过是外人的流言。我之前特意了解了下，无论张悠游还是苏语仑，都没有对当年的事进行公开说明。张悠游这人，眼光独到、很有手段，人脉也广。"

"这怎么说？"

"就拿沈恩飞来说，在教他演戏的过程中，我能感受到，这人在演戏上面有很高的天赋，形象气质上包装一下，他冲击一线都是有可能的。而之前拍摄萧导的那部戏，直接让沈恩飞出演了很重要的配角，他那个角色虽然戏份不多，但能吸引粉丝。那之后到现在，沈恩飞在各个平台和综艺混脸熟。最近他又卷入了我和柳哲的风波，我听楚瑰说张悠游安排的一些稿件中，沈恩飞作为受害者出现，巩固了核心粉丝群，他的关注度和互动量都在不断上升。”

“可我完全没感觉到这些和张总有什么关系啊？而且你在星策传媒待了大半年，除了萧导的那部戏，也没什么起色啊。”南萧听着萧琪的分析，想着张悠游平时的样子，“我觉得是我们过度解读了，说不定他就只是个不靠谱的大叔。”

“我有一种感觉，其实张总一开始就知道不用太久，苏氏就会让我回去。”

“张总知道？”南萧意外地问道。

“对。”

南萧搓了搓脸，感觉头昏脑涨。

这天萧琪休息，并没有去培训，也没有通告，非常难得地在家躺了半天。

其实她的意识很早就醒了，迷迷糊糊中看了看时间，大概是早上七点半。她清醒以后，却发现身体异常疲劳，四肢乏力。

她立刻明白是怎么回事了：南萧昨天晚上没有好好休息，也不知道他晚上在做什么？

萧琪这么想着，突然意识到自己之前对南萧的生活似乎并不在意。在这一年左右的时间里，发生了太多事，她无暇关注别人。

萧琪又迷迷糊糊地睡了一会儿，再次醒来时，全身的疲惫感减轻了不少。

她翻了个身，让自己躺得更舒服点儿，视线落在不远处的桌子上，上面放了一台苹果一体机，机器前面放着一块数位板，这两样东西是南萧买的，用的是她的钱，不贵，她也就由着他了。

她自己倒是从没用过这台电脑。

她挣扎着起来，想打开电脑看看南萧都在用它做什么。这算不算是偷看？萧琪觉得好笑。

她费了半天的劲儿找开机键，结果不小心碰到鼠标，屏幕就亮了——南萧昨晚没有关机。但她面对弹出来的密码框，又有些头疼，她从来没问过南萧密码是什么。她随便敲了几个字母、数字，都不对。

犹豫着要不要关机，萧琪想到之前去南萧家里的时候，南萧说过什么密码，一般人是不是都会使用相同的开机密码？

“那密码是什么来着，八……什么八千？”萧琪努力回忆着当时的场景，“应该是个动漫角色的名字。”

她打开手机，在搜索框里输入了“8000”，跳出来的搜索结果让她眼花缭乱，她有些丧气地滑动着手机屏，在一个论坛结果预览中，一个数字映入她的眼帘——“8600”。她又立刻搜了这个数字，是草鹿八千流的昵称。

“对了，就是这个。前面应该是‘51’！那时候我还觉得这人没羞没臊，说什么‘我要八千流’。”萧琪完全想起了当时的情景，兴奋地在密码框中敲入了“518600”，然后自信地按下回车键。

密码错误！

萧琪愣愣地看着弹出的提示，自己绞尽脑汁想出来的密码，竟然是错的。她推开键盘，键盘下露出便笺纸的一角。她抽出来一看，上面写着两行字，“你要用电脑的话，密码是：JK→”。

这又是什么意思？“→”代表什么？总不可能是方向键吧？她可从来没见过这种密码。

她试着输入“JK”，然后去按方向键，不出意外地出现了密码错误提示。

此刻，她对南萧充满了怨念。

她翻了翻便笺，看到便笺的背面又写了一行字：“看不懂的话，这里有提示，‘→’等于右滑。”

南萧的骨子里肯定是个贱兮兮的恶作剧制造者！这提示还不如没有，看得萧琪一头雾水，这是电脑，又不是手机，右滑能开机？

萧琪无语地照着提示试了试，手指右滑，依次按“JKL”加后面两个符号键，最后按到了同在这一行的回车。

电脑屏幕立刻跳转到了桌面。

萧琪似乎在脑子里，听到了南萧的笑声。她将便笺纸又塞回键盘下，现在她希望南萧永远不要发现自己试着打开过这台电脑。

桌面下方的任务栏里是 PHOTOSHOP（图像处理软件）的图标，她点开后，屏幕上立刻弹出了 PHOTOSHOP 的窗口，里面是一幅半成品的画。

那是一幅非常细致的线稿，上了一部分色。

这应该是萧琪第一次看到南萧正儿八经的画稿，之前她只见过一些他用来鼓励她的 Q 版画。

让她意外的是，南萧的绘画水平。他明明不是美术生出身，他的画却让人觉得他画得很不错。

他画的什么？

萧琪将图挪了挪，看到了图的全貌，一个女子坐在海边，海风吹散了她的头发，远远的光影处，有带着翅膀的天使。这个女子似乎上了年纪，眼角下有细细的皱纹。

这是他的母亲吗？

不对，南萧的母亲，萧琪见过，这个女人显然不是他母亲。

可能是他随手画的角色吧。

“萧琪！”

楼下传来洛秦川的声音，萧琪一惊，她急急忙忙地下楼，以为楼下发生了什么紧急状况。

结果下楼以后，她就看到洛秦川、沈恩飞和张悠游三个人，一人穿着一套笔挺的礼服。洛秦川穿着的是黑色基底带着墨绿暗纹翻领礼服。沈恩飞一身红色礼服，内搭的纯白衬衫上，配着镶钻的红色领结。而张悠游更夸张，一身银色亮纹的欧式晚礼服，不知道从哪儿搞了一根闪亮的手杖……

洛秦川一见到萧琪，就皱着眉问道：“哎，萧琪，你还穿着睡衣啊？我们要出发了！”

“出发？去哪儿？”萧琪觉得纳闷，之前也没有人和她说过，今天大伙儿有行程安排啊，而且他们这身打扮是怎么回事？

“去哪儿？当然是去舞会啊！”洛秦川一脸夸张地说道。

“今天我能请你跳舞吗？”沈恩飞很别扭地做出了个难以称之为优雅的邀请动作。

“舞会？”萧琪还是觉得奇怪，这些人要去什么舞会，还穿得这么隆重？

好像今天苏氏影业要举办一场舞会，但明明她都没打算去，这几个公司之外的人是怎么回事？

萧琪说到这里，看到这几个人的表情：“你们该不会……就是……”

张悠游一脸奸笑地说道：“大家一起去啊！”

“……别人公司的舞会，和你们没关系吧？你们有邀请函吗？”

三人立刻摇头。

“没有、没有。”

“怎么会有？”

“我需要吗？”

“到了那边，你们怎么进去？”萧琪有些绝望地问道。

因为这个答案，她明显已经知道了，只是不太愿意去面对。

果不其然，三人又整齐划一地指向萧琪：“我们有你啊！”

萧琪强行忍住了抄起扫把，把这三个人当垃圾扫出去的冲动：“现在过去太早了吧，那是晚会，现在才中午。”

“过去占座！”

“过去预演走红毯！”

萧琪无视了三人，回了房间。

然而到了下午，萧琪还是被三人缠着，开始打扮。

今天她并没有像往常出席这类活动一样选择礼服裙，而是穿了一身小西装，妆容也加重了脸部的轮廓，将头发高高地梳起，整个人焕发出了一种与女性的柔美完全不同的英气。

这时候南萧的意识已经醒了，他忍不住赞叹道：“化妆真是神奇……”

萧琪听了忍不住笑道：“你这是正常夸人的说法吗？怎么感觉你在损我？”

南萧赶忙道歉：“没有、没有，我这是在赞叹你的化妆技术。”

“你知道，赞叹一个女人化妆技术不错意味着什么吗？尤其是当这个女人并不是从事化妆这一行业的时候。”

“呃……”

“所以啊，你注定单身一辈子！”萧琪打趣道。

南萧只得打着哈哈，转移了话题：“说起来，今天为什么要化得那么英气，感觉你有点儿帅啊。”

萧琪不怀好意地笑道：“这是为了你哦！”

南萧感到莫名其妙：“为了我是什么意思？”

“万一身体的主控权转移了，你可以找个女孩子手牵手地跳舞。难得让你再次像个男人呀。”

“谢……”南萧下意识地想说谢谢，突然发现哪儿不对，“什么叫再次像个男人啊？！”

话是这么说，但南萧其实也感受到了一丝温暖。

萧琪下了楼，另外三个精心打扮的男人在萧琪面前，气质上就被压了一头。

张悠游的破旧商务车，一溜烟地开到了苏氏影业的门口，穿过大门口的岗哨，直接停到了会场接待处的门口。

站在门口等待的侍者，一时竟愣在了原地，面对一辆如此破旧的车，犹豫着要不要去帮忙开门。他和同事被安排在这里接待今天晚会的来宾，到目前为止，他已经接待了不下二十位客人，见过许许多多的豪车。同事之间也在打赌，看下一位来的名人是谁。可面前这辆车……

商务车的门打开了，从上面下来四个男人……侍者揉了揉眼睛，应该是三男一女才对。其中的女人，打扮得非常中性，眉宇间透着帅气，身姿挺拔，气质不凡，甚至帅得让侍者微微脸红。其他几个人……只有那个微胖的中年男人，侍者觉得眼熟。

侍者犹豫了一下，决定上前招呼，但还没开口，旁边的八字胡男人抬手抛过来一样东西。他慌忙接住，发现是一把车钥匙，接着便被那人拍了拍肩膀。

"劳驾，泊车。"

侍者略带茫然地上了车，脑子里一直在思索着这些人是谁，但并没有多少时间让他好好想。这车还是老旧的手动挡，注意力分散的侍者，差点儿让这车溜了坡，惊出一身冷汗。

这边张悠游、沈恩飞、洛秦川站在签到处，被两个工作人员挡在身前。

"不好意思，请出示您的邀请函。"

三人立刻转过头，目光急切地看着走在身后的萧琪。

萧琪长叹一口气，从包里掏出一张邀请函，递给了工作人员。

工作人员点头接过，核对姓名后，微微低下头："萧琪小姐，请进。"

张悠游三人立刻跟了上去，却被工作人员拦下。

"一起的、一起的。"张悠游说道。

"您认识他们吗？"工作人员问萧琪。

萧琪回头看了看三人的表情，他们一个个就像等待被领养的小宠物似的。

"不认识。"萧琪回答得干净利落，伴随着脚步声，头也不回地走了。

张悠游、沈恩飞、洛秦川三人张着嘴，当场石化，一直目送着萧琪消失在走廊的尽头。

"三位，请出示你们的邀请函。"工作人员再次提醒道。

张悠游摸了摸下巴，活动了一下嘴，现在这种情况，萧琪摆明了不想帮他们进去。他伸手拍了拍面前的工作人员的肩，套近乎："兄弟怎么称呼？"

这个工作人员对张悠游的行为一脸错愕，这人怎么一副痞相？怎么看都不像名流。但他又不敢轻言得罪，在这一行干久了，

也知道圈内一些名流有着奇奇怪怪的作风。

“您可以称呼我为小陈。”工作人员礼貌地回道。

“哦，小陈啊！本家啊！有缘、有缘！我也姓陈，四舍五入我们就是一家人啊。”张悠游兴奋地将小陈拉到一边，“我年长你几岁，你叫我一声哥不为过吧？怎么样，都是自家人，自家人哪儿要什么邀请函啊？”

沈恩飞和洛秦川在旁边对视一眼，对张悠游这种随口胡诌、毫无底线的行为发表了统一的看法：“丢人！”

小陈满脸黑线，怎么就平白无故多了一个哥？

“陈先生，这是不行的。没有邀请函，不得入内。”

张悠游见这方法不行，又指了指旁边站着的两个人：“知道那个胖胖的中年人是谁吗？”

小陈仔细一看，确实有点儿眼熟，总觉得在哪里见过：“这位是？”

“洛秦川知道吗？”张悠游神色夸张地说。

小陈摇了摇头，看着眼熟，名字却毫无印象。

“黑腰子！”张悠游立刻又补充道。

黑腰子是洛秦川早期出演的知名角色，也是一个配角。

小陈又摇了摇头。他这个年龄对洛秦川早期的作品显然没怎么看过。

张悠游一脸失望地摇着头，表情像是在说这年轻人没救了：“小陈啊，不是哥说你，这老一辈的演员、老一辈的艺术家，不可得罪的。你再看看，他旁边那人。”

似乎听到张悠游说到自己，沈恩飞立刻象征性地整了整衣服，挺着胸，摆出一个自认为器宇轩昂的姿势。配上一身红色礼服，他活像一只昂然挺立的火鸡。

小陈还是认不出来，不由得有些懊悔是不是平时看的片子太少了，知道的演员也太少了。这人虽然打扮得夸张了点儿，但确实“颜值在线”，看着还挺像上升期的当红小生。

张悠游见小陈这副表情，觉得时机差不多了，又开口道：“所以啊，小陈，这两位都是过去和将来响当当的人物。你看，哥在这里提醒你一下，你这次变通变通，改日啊，哥几个提拔一下你，前途光明。我看你这模样，稍微开发开发，也可以往演员这条路上发展发展。”

小陈心里一颤，自己也能走这条路？平日他也见过不少演员、艺人，和那些要出道的练习生比起来，自己好像确实差不到哪儿去，但他还是没什么底气：“我也行吗？”

张悠游又递上一张名片：“你看这是我的名片，职业经纪人，星探！我说的话，自然靠谱啊。”

小陈接过名片，上面确实写着职业经纪人，但……

“这上面写着张先生？你刚才不是说自己姓陈……”

张悠游又立刻把名片抽了回来：“这不是重点，重点是你想不想……”

“你还真是一点儿没变，连我的员工都想忽悠吗？”一个声音在张悠游的背后响起。

小陈一见来人，立刻退了一步：“苏总！”

“你忙你的去吧。”苏语仑挥了挥手，示意小陈离开。

张悠游皱着眉头转过身，苏语仑穿着一身简单的礼服站在他的身后，与后边的沈恩飞比起来，高雅得多。

既然决定来参加苏氏影业的这次晚会，张悠游就做好了会见到苏语仑的准备。其实只要他知会苏语仑一声，邀请函根本就不是问题。

但他并不想那么做。

“既然要来，干吗不和我说一声？”苏语仑又转头看了看洛秦川说道，“洛叔也是，早说一声，我早就给你们发邀请函了。”

“不必。”张悠游拒绝道。

苏语仑笑道：“你这又是何苦？没有邀请函就不能进去，而你想带着你的人进去，我现在给你张邀请函不就行了？”

这回轮到张悠游笑了：“你可以不给邀请函，就能直接放我们进去。”

“你还要挖苦我？我自认为对你，从来没有轻视和亏待过。”苏语仑这话说得很认真。

张悠游的表情反倒有些不自然了：“除了挖苦你，我还能做什么？”

“来苏氏影业。”

这个“来”，自然不是做客的意思。

“我已经来了，但目前……”张悠游低下头看了看空空的手腕，“我的劳力士告诉我，已经来了快二十分钟了，我感觉索然无味。你说我来苏氏影业有什么意思吗？”

苏语仑摊开手，语出惊人：“你可以来取代我。”

张悠游愣了几秒，立刻甩甩手，不耐烦地说道：“你这人就这个毛病特别烦人，真没意思。放我们进去。”

“好。”苏语仑又对工作人员吩咐了几句后，向张悠游道别，“那你们进去吧，现在还没到我出场的时间，失陪了。玩儿得开心。”

一见苏语仑离开，洛秦川就立刻凑了过来。张悠游撇了撇嘴，意兴阑珊。

“你和苏语仑到底怎么回事？”洛秦川八卦地问道，“怎么感觉和传闻说得不太一样？”

“什么传闻？”

“就……那个……”洛秦川被问得也不知道从何说起，干脆总结道，“就说你们之间恩断义绝、水火不容、你死我活。我刚听着，怎么感觉不对味儿啊？”

张悠游拍了洛秦川脑袋一下：“瞎聊什么八卦消息。沈恩飞呢？”

被张悠游一提醒，洛秦川也发现沈恩飞没有跟上来，扭头一看，沈恩飞正在不远处，用头顶着另一个人的脑袋。

柳哲一脸不爽：“怎么在这儿都能见到你。”

“你没脸没皮，还敢找到这儿来？”沈恩飞看着柳哲，心里的火气就不断上涨。

现在，沈恩飞对柳哲已经从轻视变成了仇视。

“我没脸没皮，你看看这个是什么？”柳哲掏出一张深红色的邀请函，一下接着一下地拍在沈恩飞的脸上。

和沈恩飞不同，柳哲并没有把沈恩飞视作情敌，但之前的事闹得他和萧琪之间非常不愉快，这个掺和在其中的第三者，自然变成了他迁怒的对象。

沈恩飞一把抢过柳哲的邀请函，看也不看，直接撕了个粉碎：“我打得你叫爷爷！”

柳哲也摆开了架势：“来啊，谁怕谁啊！”

洛秦川从背后架住沈恩飞，张悠游在旁边轻声提醒道：“又想没戏拍，让自己混不下去？”

叶潇也“适时”地出现在柳哲的背后，轻声咳嗽道：“想闹事？”

沈恩飞和柳哲的气焰瞬间去了三分，但他们又都不想认输，

朝对方吼道："你给我等着！"

萧琪径直往里走，刚要进会场，撞上了让她头疼的男人——程凉生。

"我本来以为你不会来。"他站在会场的入口处，端着一杯红酒，脸色泛红。

"为什么我不会来？因为你吗？"自上次办公室一别之后，萧琪就再也没有见过程凉生，这会儿在这儿碰到，还是觉得别扭。

程凉生已经没了那日在办公室的颓势，带着标准的笑容："不是因为我？只是我记得你以前不会出席和自己无关的应酬活动。"

萧琪轻哼，她总是这样，在这个男人面前无法控制自己的情绪："先恭喜你，不过，应该已经有不少人恭喜过你了吧？"

"恭喜？"程凉生歪了歪头，"恭喜我什么？"

"陈瑞安在你手上，成绩斐然吧？"萧琪说道。

陈瑞安现在的发展势头很猛，他大有跻身一线的架势。

程凉生抿了一口杯中的红酒，看起来并不是想喝酒，只是让酒水润了润嘴唇，接着歪了歪头，神色略尴尬："公司对他的期望可远不止现在这样，我以后不会有任何闲暇关照你了。"

"关照我？你还在说这种自以为是的话。"萧琪皱着眉头，诧异这个男人的执念，"我已经不需要你的任何帮助了。"

程凉生的视线从萧琪身上移到了手中的酒杯上，杯中的红酒在灯光下泛着光。

"程总，恭喜恭喜！"

几个人似乎发现了躲在一边的程凉生，端着红酒杯，脸上满是谄媚，挤了过来。

程凉生别开脸，皱了皱眉头，然后转头笑着打招呼。

距离舞会开始还有一段时间，场内的暖场乐队正在舞台上调试乐器。侍者们将美食放到自助餐的食架上，食架的底下辅以热水保温。

萧琪的视线越过侍者，便看到不远处有一个气势汹汹的身影奔过来，她觉得头昏脑涨：“来这个晚会，说不定是个错误的决定。”

奔过来的是沈恩飞，旁边神态略显扭捏的则是柳哲。这个画面实在有些怪异。

萧琪转身想走，结果身后传来了大声的呼唤：“萧琪！”

沈恩飞快步超过柳哲，喊声大得像菜市场的大喇叭。

萧琪立刻又转回来，随手在桌边拿了一块糕点，直直地塞进了沈恩飞的嘴里，糕点糊了沈恩飞一脸。周围投来诧异的目光，萧琪感到脸上火辣辣的，羞得弯腰向周围致歉，拽起沈恩飞就溜到了一边。

沈恩飞把鼻腔里塞着的糕点喷出来，旁边跟过来想递上毛巾的侍者一脸尴尬地看着这个客人。

萧琪无奈，沈恩飞似乎有一种能让她丢脸的特异功能：“我们不是一起来的吗？用得着这么大声地喊我吗？”

沈恩飞用侍者递上来的毛巾，胡乱地抹了把脸：“我碰到那小子了！我怕他又来纠缠你！”

“谁纠缠我，关你什么事？”

“别生气，你怎么突然生气了？不会是喜欢上那个小子了吧？”

柳哲看到沈恩飞的行为后，思索再三，低头靠近萧琪，非常轻地说了声：“对不起。”

萧琪转头看着柳哲，眼前这个男人的耳根子泛红，视线低垂。萧琪的内心泛起了一丝柔软。

“没关系，别在意。”沈恩飞上前，拍着柳哲的肩膀，一副大人不记小人过的表情，“咱男子汉大丈夫，不会那么小气，你的道歉我收下了。”

柳哲的额头暴出了青筋，他一把抓住沈恩飞的手腕，又瞄到站在一旁的萧琪，立刻收住了手，表情略扭曲：“谁和你道歉了？”

因为萧琪在场，两人都有所收敛，目光聚焦在萧琪身上，沈恩飞的眼中充满了热忱，柳哲躲闪的眼中则带着期待。萧琪的目光在两人之间流转，又越过两人，定格在远处的程凉生身上。程凉生也正若有所思地看着这边，和她的目光相交之后，程凉生和旁边的人碰杯，一副什么都没看到的样子。

舞会在一片喧闹中结束，萧琪站在外面，看着飞奔的记者，偷偷溜上了张悠游的商务车。她本想趁着骚乱先走，但张悠游却没有出来。不光是张悠游没出来，沈恩飞也没出来，车里只有洛秦川。

“怎么只有你出来了？其他两个呢？”萧琪看着已经在副驾驶座舒舒服服地躺平的洛秦川。

洛秦川毫无顾忌地打了个饱嗝：“张悠游没出来是正常的，这种老油条不会错过看热闹的机会。沈恩飞那小子，感觉最近要火啊。”

萧琪若有所思地看着灯火通明的苏氏影业大楼。

有人在车外敲了敲玻璃窗。

萧琪打开车窗，外头站着全副武装的柳哲，再远一点儿是在看表的叶潇。

“你有什么事吗？”

柳哲不安地看了看远处的叶潇，直接被叶潇瞪了一眼，有些犹豫地对萧琪说道："你现在没什么事吧，能出来聊一聊吗？"

萧琪看向不远处的叶潇。叶潇抬手示意，跟萧琪打招呼。

"单独聊一聊。"柳哲也发现了萧琪的目光，立刻强调。

"我不去。"萧琪对两人翻了个白眼，这又不是什么幼稚的恋爱剧情——男孩子找机会表白，周围人怂恿。

柳哲对她的想法，她早就清楚，但也早就想明白，他们不会有更多的交集。

"你这样，让我很困扰。到底有什么事？"

"马上就要试镜了，我想在试镜前，和你坐下来好好谈谈。"

"谈什么？"萧琪冷淡的一句话，将柳哲的热情浇灭了一大半。

柳哲垂头丧气地转身准备离开："之前的事，我想好好道个歉……"

"喝杯咖啡吧。"萧琪叹了口气。

柳哲听了，悄悄跟叶潇比了一个手势，叶潇点了点头，带着笑意走了。

这一幕看在萧琪眼中，对叶潇的印象不免有所改观。柳哲和叶潇之间的关系，似乎和以前有点儿不太一样了。

萧琪跟着柳哲到了附近的咖啡厅。这家咖啡厅在一条小巷深处的高台上，装修雅致，灯光微暗，席间点缀着杯子蜡烛，晃动的小火苗，拉扯着客人极淡的影子，微微晃动。

店里的客人很少，两人找了一个角落里的隔间，点餐后，柳哲才把墨镜和口罩摘了下来。

“大晚上戴墨镜、口罩才更惹人注意吧？说起来，你竟然知道这样的店，我有些意外。”

“我也是刚刚知道这家店的，叶哥推荐的，说这里人少，不用怕被认出来。”柳哲把头上的帽子也拿了下来，认真地整理着头发。

萧琪敲了敲桌上的复古摆件：“你的经纪人比你过得精致得多。”

“确实。”柳哲喝了一口刚刚送上来的黑咖啡，皱着眉头吐了吐舌头，“真苦。”

“你不用特意和我点一样的。”萧琪拿着银匙轻轻搅拌着咖啡，划出一圈圈深黑的波纹。

“我想多了解你一点儿。”柳哲语气轻柔，提心吊胆地低声试探，“你还记得之前在学校里的事吗？”

萧琪想到了之前被她塞进垃圾桶中的所谓情书。

柳哲并没有等萧琪开口，自顾自地说了下去：“我就坐在你的前两排，那时候和你也没有太多交集，你在我的印象中就是班里一个漂亮的女同学。你记得我那时候是什么样子吗？”

柳哲说着，比画了两下。

萧琪微笑道：“确实好像又矮又胖。”

“说得太直接了！”柳哲嘴上抗议着，却也笑了起来，“这么说其实挺奇怪的——我是受你的激励，才走上了现在这条路的。”

“我？”

柳哲低头看着旁边微弱的烛火：“这么说，我反而觉得是在美化自己。送你的信被当面丢了以后，我不甘心，心里想着你有什么了不起的，你能当演员，我一样也可以。脑子里只想超越你，然后狠狠地报复你。”

“你想怎么报复我呢？”萧琪有了兴趣，打趣道。

“什么怎么报复，就是小孩子瞎想。真要问起来，并没有太具体的想法，但在当时，那也是我的一个执念了。刚进圈子的时候，我是托了我老爸的一个朋友，去做了群众演员。”

“群众演员？演了什么？”萧琪问道。

“你不准笑。”柳哲一脸认真，“演了个小和尚。”

“和尚？戴头套吗？”

“你又不是不知道，群众演员哪儿有那么好的待遇。”柳哲在脑袋上比画了一下，“全部被剃掉了。”

萧琪想象了一下那个样子，笑了笑，只是淡淡的浅笑：“你不是就想和我聊这件事吧？”

“还有一次，那时候我刚跟叶哥，还是一个十八线小艺人。我接了部大戏，演了个龙套警察。当时有一幕是主角潜入一条河中寻找线索，但实际拍摄的那条河，是条臭水沟——很臭，闻到就想吐的那种，河面上漂着各种垃圾和死鱼，水都有点儿黏稠了。主角不肯下水，希望导演改剧本。”

“然后你下去了？”萧琪也见识过某些娇气的明星，很多时候，脾气和名气是成正比增长的。

“导演让我当主角的替身，整个人都浸没在那条臭水沟里。之后在很长的一段时间里，我都觉得自己能闻到那股臭味。我在浴室里洗了整整两个小时，仔细地搓着每一寸皮肤，一遍又一遍地抹沐浴露。”

“你觉得你很委屈？”萧琪的语气中，并没有一丝一毫的同情。

柳哲愣了一下，随即喝了一口咖啡，摇着头：“那天夜里，

我躺在床上，寻思自己为什么要受这份罪。我打开了你的电影，看着屏幕中的你，想着你也是在这么努力。”

“不。”萧琪反驳道，“我可没剃头，没潜过臭水沟。”

柳哲尴尬地撇了撇嘴，伸手挠着耳根子：“不用那么急着否定，这并不是我一直注视着你，看着你努力而不断前进的励志剧本。相反，一开始支撑我的是气愤和不甘，但在这条路上走得越远，当初的那种心情就越模糊。”

萧琪将杯子放回桌上。

有的人会因为自己成为别人的精神支柱而获得满足感，但对于萧琪来说，并不是这样。过分的憧憬有时候带来的只有无尽的麻烦。

“我以前一直以为当演员，最爽的是出名。走到哪里都能听到各种各样的尖叫声，有很多人关注你，说你的各种好、各种帅。你生病，会有很多人关心你；你过生日，会有很多人祝福你；你心情不好，会有很多人安慰你。”

“但是？”萧琪接话道。

“并不是这样的。”柳哲低声说道，却不说下去了，似乎在组织语言。

萧琪突然想到和柳哲久别重逢后的那次见面，他将她当成了尾随到宾馆的粉丝，还很热心地要给她签名，随身带着签名需要的东西。

“我还是不想输给你。我不想在试镜中输给你，不想失去这个角色。”

“不想输给我？说到最后，这还是你之前一直在说的怨念啊。”

“不一样。这次不想输，和之前的不甘心是完全不同的。”

柳哲慌张地解释道，“就像我之前说的，我演戏不再是因为想获得出名所带来的满足感了。你应该懂吧？最近上映的我的那部电影，票房有五亿左右，就国产电影来说，还可以，但网上的评分只有四点几。你可能不信，在这部电影之前，我从来不会回头去看自己的作品。去年这部电影上映以后，我偶尔听到公司的员工提到了它的评分。”

萧琪是知道那部电影的，几个主演都是当红流量小生，无论是前期的造势还是上映期间的营销，都话题不断、热度不减。票房虽然达到了五亿，但其实并没有达到资方的预期，加上及格线以下的评分，确实让不少人大跌眼镜，但后来评分又上升了。按照柳哲的说法，那上升的评分怕是掺了水。

“我很不服气地去看了一遍那部电影。”柳哲的声音中带着自嘲，“准确地说是看了一半——我实在有点儿看不下去。那天，我找了叶哥，问他的想法。你知道他是怎么说的吗？”

“你不会真以为粉丝多了，你就是个实力派演员吧？还差得远呢。”柳哲学着叶潇的语气，“麻烦你先记住自己花瓶的定位，想法提升自己的形象，巩固粉丝就可以了，不要浪费时间在其他地方。”

“不像他的作风啊。”在萧琪的印象中，叶潇并不是一个会说风凉话讽刺艺人的经纪人，“所以那个时候，你说因为不想被人当花瓶……”

“对啊，叶哥的话，还有网上的那些评语，我很不甘心。不过，叶哥这个人是标准的‘刀子嘴，豆腐心’，后来开始让我打磨演技，给我推荐了黎叔的试镜。也就是在这之后，我又遇到了你。这感觉很奇特。其实和你重逢到现在的这段日子里，我一直处于一种很矛盾的情绪之中。我不想再逃避了，和小时候的那种喜欢不同……就好像埋在心底的种子，已经生根发芽……”

话题的走向让萧琪焦虑，她决定捅破这层已经可有可无的窗户纸：“所以最后还是回到了你喜欢我这件事上？那我只能再拒绝你一次了。我对你真的没有感觉。之前发生那种事，我们还能当朋友都已经不可思议了。”

“我知道！”柳哲加重了语气，紧接着断断续续、不自信地陈述道，“我知道是怎么回事。我只是想在试镜前，把话都说清楚。我……我喜欢你，这段时间脑子里都是你，甚至有那么一秒想为了你放弃这个角色。我……”

柳哲说不下去了。他看到萧琪冷漠的眼神，那是充满了不屑的眼神。

店内略带伤感的音乐乘虚而入，充斥在这个小小的偏僻的角落里，让人难以呼吸。

柳哲鼓起所有的勇气，语无伦次地说：“我不会让给你、不会输给你。唯独在做演员这条路上，我不能输，不想输……”

萧琪的眉眼间没了刚才的冷淡：“你还是那个递给我情书的小胖子，这么多年了，一点儿都没有长进。你自顾自地说着自己的事情，我没有兴趣，也没有理由要去接受你那么多的想法。今天就到这儿吧，我先走了。”

萧琪起身结了自己的账，留下了柳哲一个人。

柳哲坐在那里，沮丧地喝下了一杯黑咖啡，苦涩的味道让他皱紧了眉头。他伸手要了一杯柠檬可乐。咀嚼着口中的余味，琢磨着萧琪临走前说的话，柳哲突然失笑，露出了释怀的表情。

萧琪走到街口，伸手拦了一辆出租车。

“这样好吗？”南萧出声问道。

“什么？”萧琪上了车。

“他本来想跟你吐露点儿心声，又被你拒绝了，心里很不舒服吧？”

“你还真是个‘好好先生’，什么人都关心。”萧琪从包里拿出化妆镜补妆。

南萧从镜子中看着萧琪的眼睛。

他一直通过这双眼睛，注视着这个女人身上发生的一切：“不光是因为他，有时候我也在想，你是不是还在怀念程凉生。”

萧琪的动作停滞了一会儿：“为什么会这么想？”

“你一直给我一种在等待的感觉，想恋爱，但又克制着自己，很怕露出对男人有好感的迹象。就拿今晚来讲，其实你一开始就有足够的理由，不接受柳哲的邀请。”

萧琪觉得好笑：“照你的说法，我应该是喜欢柳哲才对啊。”

“那你喜欢柳哲吗？”

“不喜欢。”萧琪完全没有思考，“你怎么开始关心我的感情生活了？”

“偶尔会有点儿好奇，而且提前了解一下，我也好知道如何面对他们。”南萧说着自己都不信的理由。

萧琪显然也不会把他的这些话当回事：“程凉生吗？毕竟是我爱过的男人，要说我彻底忘了，那未免有点儿自欺欺人，但也只是有些留恋那种依赖他的感觉罢了。”

是吗……南萧这么想着，却没问出口。

在今天的舞会上，萧琪面对柳哲，内心掀起了细微的波澜，不强烈，但让南萧十分在意，如鲠在喉，有些心烦。

“怎么不说话了？”萧琪问他。

“不知道说什么。”

“不知道说什么？”

“我也没谈过恋爱，不是很能感受你说的那种情绪，也不知道能发表什么看法。”

萧琪收起了化妆镜，将目光投向窗外。临近午夜，城市依然灯火通明，高架桥上的车辆飞驰而过，带着一天的喧嚣。

两人没再说话，看着同样的夜色，想着不同的心事。

强黎试镜的日子很快就到了，地点就在罗老的培训基地。这天罗老特地给所有学员放了假，清空了基地，给剧组留出了试镜场地。

试镜分三部分，分别考查演员的形象气质、情感处理和武戏动作。

早上八点，南萧推开了化妆间的门，他的脸上满是绝望。这么重要的日子，偏偏早上醒来的人是他。

柳哲早已精神抖擞地坐在位置上，透过巨大的化妆镜审视着自己的状态，眼神中充满了自信。

“早上好。”南萧打起精神跟柳哲打了招呼。

“早上好。”柳哲并没有回头，“今天一天，我们都是敌人，不用太友好。”

南萧愣愣地点头，低声应和：“好。”

“哼，很有自信嘛！今天让你哭。”萧琪在脑海中也不服输地说道。

南萧面露难色，默默地坐到剩下的一张化妆椅上：“我说你哪儿来的自信让他哭啊？我拿头去帮你竞争这个角色？”

“你以为我没有考虑过现在的情况吗？不怕，我有办法。”

“什么办法？你可以主动转移身体的主控权？”

“没有尝试过，但根据我的观察，应该没有问题。”

“要怎么做？”

“你晕过去，失去意识就可以了。”萧琪淡定地说。

“好像没听清楚，你再说一遍？”

“你失去意识就可以了。”

柳哲通过南萧面前的化妆镜，看到他纠结的表情，奇怪地问：“你的心理压力那么大？这不像平时的你啊。”

“谢谢，不用你管。”南萧的情绪复杂。

“你可以闭上眼睛，使劲儿睡觉，睡不着的话，还有个方法可以试试。”萧琪提议。

“啥？”

“你撞墙，撞晕算了。”萧琪这话说得仿佛这具身体不是她的一样。

“你认真的吗？这更像沈恩飞、游典方能想出来的馊主意。”南萧捂着额头，仿佛已经感受到了疼痛。

“轻松一点儿了没有？”萧琪带着笑意的声音传来。

南萧才反应过来，听萧琪这一通胡说，之前的紧张情绪已经舒缓了很多。

“换不过来的话，只能靠你去争取了。你要相信自己能帮我拿到这个角色，那么苦的培训你都坚持过来了，还怕这次的检验吗？”

南萧被说得心头一热，一股暖流充斥着四肢百骸，如同一连看了几十部热血动漫一样：“原来你那么信任我，我一定会加油！”

他的话还没说完，老天就像开玩笑似的转移了两个人的身体

的主控权。

“谢天谢地，我本来都放弃了。”萧琪忍不住感叹道。

南萧惊讶地说：“你不是说相信我吗？”

萧琪冷冷地回答：“死马当活马医。”

南萧瞬间泄了气，意识滚到了角落里。

“各位久等了！”

“Kitty？”萧琪有些意外，进来的人是之前剧组的化妆师Kitty。

“Hello！好久不见，这次还是我来哦！”Kitty热情地上前，将拖进来的化妆箱放在门边，笑嘻嘻地在两个人之间来回打量：“你就是柳哲吧？初次见面，果然是个粉嫩嫩的奶油小生！来，让老阿姨感受一下你的皮肤。”Kitty靠近柳哲，说着便伸出手要去捏柳哲的脸。眼看着柳哲一脸惶恐地往后退，她眼神一凝：“别动！”

柳哲立刻定在了座位上。

Kitty的手指在柳哲的脸上戳了戳：“保养得还行，皮肤偏油性，容易出油，一会儿底妆上要花时间……”

根据试镜的顺序，柳哲先化妆，然后是萧琪，为了尽量减少外部因素对试镜的影响，化妆全都由Kitty负责。

萧琪坐在一边，看着Kitty给柳哲上妆，一如既往地高水准。

她把底妆上得十分细腻，妆感轻薄，不会给人浓妆的诡异感，使脸颊到脖子的颜色过渡十分自然。略带珠光的粉底被稀释后，点缀在高光处，Kitty又用一层淡色薄薄地将其盖上，带亮了整个面容。最好的底妆，就是如同没有化妆般自然，却又光彩照人。她轻描眼线，将柳哲的眼形拉长；淡画眼影，将眼部勾勒得十分动人……最后遮去他五官的硬朗，让他平添了几分娇柔。

化妆能改变一个人多少？三分外貌，七分气质。

柳哲看着镜子中的自己不断变化，回想着角色的人设，一遍又一遍地审视着自己的眼神、神态。当带着美人尖的长假发在他的头上固定后，镜中的柳哲已不再是柳哲，而是他所诠释的那个角色，花易折——一个出生在烟花柳巷，带着点儿胭脂粉黛之气的男性剑客。

Kitty 满意地看着自己的作品，轻拍着柳哲的肩膀："完成！完美！你去候场准备吧，我要开始下一个了。"

"多谢。"柳哲颔首道谢，眼神在萧琪的身上略一停留，便推门而出。

萧琪略显诧异地坐到 Kitty 旁边的化妆椅上，不由自主地赞叹道："Kitty 姐，你真的好棒，这已经完全不是平日里见到的柳哲了。"

"这小子的脸属于可塑性强的一类。" Kitty 清理着化妆品，将刚才使用过的东西又一件一件地摆好，抖掉沾染在笔刷上的粉尘。

"这样啊……"萧琪若有所思地应道。

"对！那是化妆师特别喜欢的一类——虽然平时他看上去长得精致，但其实五官和面部轮廓的特点不突出，经过简单的修容，就能带给人完全不一样的感觉，会让化妆师很有成就感。那种五官特点特别鲜明的脸，就很考验化妆师的功力了……" Kitty 解释了很多，想了想，又觉得萧琪不可能不懂这些。接着她托着萧琪的下巴，将萧琪的脸看了一遍。

"嗯——" Kitty 故意拖长了声音。

"怎么了？"萧琪问道。

"你改变了不少嘛。"Kitty笑嘻嘻地说，然后用手按住了萧琪的嘴，"先别急着说话。我啊，作为化妆师可是很容易发现人眉眼之中的区别的。你的眼神比之前更透彻了。"

上次萧琪和Kitty见面还是在萧祈安的剧组里，萧琪回想着那之后发生的一切，她也算成长了吧。

"从形象上看，你觉得我和柳哲哪个更符合角色的设定？"萧琪问道。

"怎么，没有信心？"Kitty开始化妆，脸上带着明显的笑意，"说起来，黎叔还真是会玩儿，一个角色，同时让男女两个演员来争取。我还是第一次碰到这样的事。"

"不是有没有信心的问题……我也觉得黎叔的安排很奇怪。这个角色本身就是男人，柳哲有天然的优势。除非柳哲在演技上有很大的问题，不然黎叔不会做出增加一个女演员作为候选人的决定。但要是柳哲的演技有问题，黎叔一开始就不会让他留下来才对……就很奇怪。"萧琪第一次把这个想法说出口。面对Kitty，她总能感觉到善意。

Kitty晃着化妆刷，随即轻轻敲了敲萧琪的额头："想那么多干什么？现实就是你在候选人的名单里，肯定你有什么潜质让黎叔下不了放弃你的决心。对自己有点儿信心！能让黎叔那么纠结，我要是你，可要开心地出门喝小酒庆祝了。"

她的潜质？萧琪还真没往这个方向想过。她一直思考的都是强黎所说的"武侠"，以及强黎给的那一部分人设剧本。

她真有让强黎不想轻易放弃她的潜质吗？

一开始，她被强黎拒绝，南萧出人意料的行为让强黎给了她复试的机会。之后强黎看了她在第二次试镜中的沉浸式表演，让她加入了培训。她原本觉得，强黎最后留下她这一举动很好解释——她的演技得到了他的肯定。而强黎之所以给她第二次机会，也许是因为看中了南萧展现出来的属于男性的气质。但随着时间的推移，萧琪已经越来越不认为事情有那么简单了。

“八个月，让你完成两件事。”萧琪想起了强黎很久之前对她说的这句话。之后的这八个月中，发生的事太多，她都快忘了这句话。

“你就别想那么多了，这期间你也没少付出，放松下来去面对就好了。想得明白，想不明白，不都是现在的你去试镜，还能临时找人替你不成？”南萧鼓励萧琪。

“你要知道，表演所传达的内容，一念之差就会有很大的差别。带着迷茫试镜，是行不通的。”萧琪有点儿泄气地回应南萧——刚才的柳哲让她充满了危机感。

“那你现在有头绪吗？黎叔让我们明白武侠的意思，还推荐了那么多武侠小说给我们，我们都看了……然后不就是磨炼演技？”既然萧琪觉得不行，那他就帮她整理思路。

“完全没有。”萧琪轻轻地摇头，对南萧说。

Kitty立刻提醒她：“别动别动，化妆呢，不要突然摇头啊。”

她给萧琪做的妆面，与柳哲的稍有不同，加深了萧琪的脸部轮廓，恰到好处地突显出五官的立体感，却没有掩盖萧琪本身的气质，在硬朗和艳丽之间达到了一种和谐的平衡。Kitty并没有使用古装假发，而是直接用萧琪的长发来做造型。

时间在犹豫和烦恼中总是过得更快。Kitty打理完萧琪的发型，化妆间的门也被工作人员敲响。柳哲的第一阶段试镜已经结束，工作人员来通知萧琪去试镜。

萧琪走在通往试镜场地的通道里。通道狭长，一盏又一盏光线惨白的顶灯，让萧琪有种去往手术室的错觉。如果试镜场地就是手术室，她又是得了什么病，想通过手术治疗什么呢？

之前萧琪觉得自己可以通过这个角色，找到一个答案。

“萧小姐，这边请，黎叔正在里面等你。”工作人员站在门口，引导萧琪进入试镜场地。

萧琪扶着门把手，略一迟疑，还是鼓起了勇气，推开了门。

试镜场地非常宽敞，靠后的位置放着一张长长的条形桌，后面坐着三个人，强黎、任岚义，以及一个萧琪没见过的女人。

“走过来。”强黎面无表情地说。

萧琪看着三人的态度，明白在这一刻，试镜已经开始了。她迈出第一步，就如同按下了开始键，不能再回头。

萧琪努力融入角色，一步步走向场地的中心。

即使是南萧都察觉到了萧琪的不对劲儿。他从萧琪眼中看到的场景，一直在晃动。她这种不确定的眼神，导演怎么会看不出来？

“你是认真的吗？”强黎在萧琪走到一半的时候，就开了口，“这种半吊子的表演，现在就离开。”

萧琪脚步微顿。这意料之中却又十分突然的责备穿透耳膜，涌进了她的大脑，震荡着她的心神。一瞬间，萧琪觉得自己像个畏首畏尾的小丑。

不过，萧琪毕竟不是新人，两步之内，就重新调整了状态。虽然内心仍有迟疑，但她起码能给出达到及格线的表演。可她心里清楚，若只有达到及格线的表演，是没办法赢过全力以赴的柳哲的。

十几步下来，萧琪便站到了场地的中心。

“往左！

“转身！

“小步跑！”

强黎的指令一道接着一道，非常突然。他完全不给萧琪更多的反应时间，像个操偶师一般指挥着萧琪，注视着萧琪所展现出来的所有细节，给萧琪带来非常强的压迫感，让她有点儿透不过气。

“哼，马马虎虎。”这种压力在强黎靠回椅背的那一刻，一下子消失了。

萧琪站在原地缓着心神，不由自主地在心里对南萧说：“真可怕。”

南萧不像萧琪遇到过许多导演，但多少也能从现场的氛围和萧琪的反应中，感知到强黎有多强势：“很可怕吗？其他的导演没有这种感觉？”

“很少。这还仅仅是最基础的试镜……他要的不是演员，要的是真正的剧中的那个角色，要一个真实的花易折。难怪洛秦川会被黎叔看中，两个人在戏上都有点儿疯魔。就像我之前说的，只是半吊子，在强黎这儿，是绝对行不通的。”

萧琪退到一边，等着强黎的下一步安排。在等候室等待的柳哲也被叫了进来，和萧琪站到了同一排，但隔了很远。

强黎对任岚义挥了挥手，示意他将后续测试的内容拿给两人，任岚义立刻给两人送上了两张纸。

萧琪将纸拿在手里，上面只有一句诗：“古道西风瘦马”。

“给你们俩一个小时，好了再回来，不可以交流。”强黎又将两人请出了试镜室。

“这是什么意思？”一直怕打扰萧琪的南萧，等萧琪到了等候室，才问她，“‘枯藤老树昏鸦，小桥流水人家，古道西风瘦马。夕阳西下，断肠人在天涯’。这是马致远的《天净沙·秋思》。这意思是让你们通过这句诗来表演吗？”

“不一定。”萧琪皱着眉头，也是一头雾水。

这说是试镜，倒更像解密。强黎到底是想看到演员哪方面的特质，才设置了这样的试镜环节？

“我现在是花易折。”萧琪轻声低语，“我现在就是花易折、花易折、花易折……”

南萧见到萧琪这种反应，就乖乖地等在一边。从萧琪的视线中望过去，他看到萧琪在不停地揉搓着手指，速度时快时慢，偶有停顿。

南萧想起之前有一天夜里，和洛秦川喝酒。当时萧琪的意识已经休息，只留下他应付酒过三巡已露醉态的中年大叔。

“我演戏演了三十多年了，按理说应该也算是有点儿沉淀和积累了，其实呢，”洛秦川晃着碗中的黄酒，似乎钟爱这种酒，“什么都没有。你知道我有多痛苦吗？”

南萧也不知道怎么回答，又给他倒上酒，想着让他赶紧多喝点儿，醉倒了事。

“你别看我平时牛气哄哄的，其实我知道我笨。我只会用一种方法演戏，融入角色，不停地骗自己。我就是这么不停地骗自己，骗自己就是那个人、那个角色。”洛秦川又喝干了南萧倒满的酒，“好啊，骗成功了啊，我以为我是了啊……杀青，对大家来说都结束了，对我不是啊。我又要开始骗自己，不停地骗自己，我不是那个角色、不是那个人了……不是了！”

那晚的事，南萧一直藏在心里，没有和任何人说，包括萧琪。也是在那次之后，南萧对演员这个行业改观了不少。萧琪现在似乎也在那样努力地骗自己，这也许就是萧琪之前和他说过的，演员的信念感吧。

时间在沉默中悄然流逝，萧琪和柳哲待在等候室中，都面若冰霜。

“你们两个一起进来。”这次是任岚义到等候室，叫两人进去。

一起吗?

两人面面相觑，柳哲更不情愿，抢先问：“两个人一起进去，那谁先谁后？”

柳哲的话，萧琪并不觉得反感。她明白这次试镜的结果对柳哲来说意味着什么，所以，萧琪没有起身，同样把目光投向了任岚义。

任岚义不置可否地笑了笑：“你们进来就知道了。”

说完，他便转身回去，留下一扇虚掩的门。

柳哲不再看萧琪，全身紧绷着进了试镜室。

萧琪不甘示弱地跟着进去。两人之间的火药味，让南萧焦虑。他能做的除了旁观之外，就只剩祈祷身体的主控权不要那么快转移了。先不说他对上柳哲很可能试镜失败，即便侥幸赢了，那也是对演员的亵渎。

两个妆容、服饰相似却不尽相同，身材和气质相差很多的“花易折”站在场地的中心。

“‘古道西风瘦马’。”强黎的声音很平静，与两人的紧张形成了鲜明的对比，“这就是现在的环境，你们整理好自己的情绪，开始进行即兴的对手戏。最重要的一点是说服我，你就是花易折。”

先行动的是柳哲，他前行三步，俯身轻拍，单手一拽，牵过

来一匹“瘦马”，爱惜地轻抚着“瘦马的鬃毛”，眼神中，闪过几分歉意。

然后他牵马走到萧琪面前，微微躬身施礼，说道：“这位姑娘，前方是否便是半道坡？”

萧琪感受到了柳哲表演中的攻击性。她该如何面对柳哲抛过来的“姑娘”这一称呼？

萧琪想直接反驳，却一侧身，并不直面柳哲，略一停顿后，沉声道：“是。”

花易折出生在烟花之地，长大后依然喜欢穿花衣，那么他对于自己被误认为是女性这件事，应该早已习以为常，懒得去纠正，但潜意识中，他并不喜欢这个称呼。

萧琪的反应并没有让柳哲意外。他同样熟悉剧本，也熟悉萧琪，他明白这么点儿困难并不会难倒萧琪。

萧琪回答完柳哲，便又转回身子，向前疾行五步。这种做法很冒险，等于将故事发展的主导权在这一瞬间给了柳哲。但同时，柳哲也肩负着主导剧情走向的压力。萧琪的动作迅捷，压迫着他的神经。若让萧琪就此离开舞台，强黎会怎么评价两人，他心里没底。柳哲必须得让表演继续下去才行。

“姑娘且慢！”柳哲言语中带着一丝着急，似乎是有意加重了“姑娘”二字。

萧琪伸手一抽，利剑出鞘，她一个折返便握剑指向身后紧随而来的柳哲，横眉一挑：“兄台若有话要说，不妨先认清楚在下是公子还是姑娘？”

在萧琪一剑指过来的时候，柳哲心领神会，倒退两步，还不忘拉了一把一边的“瘦马”，面露尴尬：“在下眼拙，还望兄台别在意。见兄台似乎也往半道坡去，不免有所好奇，想打探一番。”

同样的角色、同样的生平、同样的性格描述，在不同的演员手中，会呈现出完全不同的气质特点，这是表演中最微妙也是最有趣的一点。同样是花易折，寥寥几个动作、几句台词，萧琪和柳哲所表现出来的感觉完全不同，萧琪冷而厉，柳哲温而雅。

“我去半道坡，与你又有何干系？”萧琪的剑依然抵着柳哲，眼神落在剑光之后，流转在柳哲的眉宇之间，似乎在寻找能够显露此人身份的蛛丝马迹。

柳哲左手两指相并，轻轻一拨，随着萧琪手腕的微动，倒似真的拨动了那把长剑：“这天气都不如兄台这般冷。在下要去半道坡赴约，只是怕同行搅乱了兄台的行程。”

“赴约？正好我也有约，要去半道坡。”萧琪提手收剑，眼神顺着柳哲的指尖划过，落到一边他所牵的马处，“白驹瘦马。”

柳哲也是会意一笑：“九花剑。”

“金缕彩衣。”

“绥阳城。”

“风柳巷。”

“花三娘。”

花三娘是花易折的养母。

两人似很有默契地你一言我一语，不留任何空隙地问答，加快了整场戏的节奏。在柳哲的“花三娘”出口后，两人的对话戛然而止，柳哲的眼神也变得犀利，气氛陡然变得紧张。

南萧随着萧琪的视线，感受到了来自柳哲的压迫感。眼前的这个人并不是平时的柳哲，他的神情和气质都变得如此陌生。这是一种可怕的气场，将萧琪包围，仿佛萧琪的下一个动作、下一句台词、下一次情感爆发都在柳哲的设计中。柳哲是否也

能感受到萧琪的气场呢？

短暂的停顿之后，萧琪面色阴寒，颈部的肌肉收紧，嘴唇微颤，一字一顿地说：“花、三、娘？”

“她就在半道坡。”柳哲并没有回答萧琪的问题，而是进一步试探，“兄台，是否就是与我有约的……”

但他的话没说完，因为萧琪的情绪爆发了。

萧琪的眼睛已经泛红，不是因为悲伤，而是愤怒。

她强烈而尖锐的情绪变化将他的路通通堵死，逼着他正面回答萧琪的问题。

可一旦他迈出这一步，在花三娘的身上到底发生了什么、是不是跟他有关……这些问题柳哲就必须考虑和回答。而这段即兴表演的走向，就会被萧琪牢牢把控。

柳哲明白这一点。他想笑，却发现弯不起嘴角，额头渗出细密的冷汗。他决定破釜沉舟：“花三娘，她对我们很重要吗？另一个我。”

“另一个我”四个字一出，强黎闷哼了一声，调整了一下坐姿，端起面前的茶，猛灌了一口，似乎是将喊停的冲动生生地压下去。

萧琪差点儿被柳哲带出戏，怒道：“重要？她可是我的母亲！”

“其实不是吧？她与我们没有血缘关系，生亦何妨，死亦何忧……”柳哲放开了一直牵着缰绳的手，大步向前，走近萧琪。

任岚义听到柳哲的话，也是一惊。这句话并不符合花易折对花三娘态度的设定，他转头凑近强黎，还没开口，就被强黎抬手制止。

萧琪大怒，一剑刺出，迅猛异常。

柳哲脚步微转，躲过萧琪这一剑，两人瞬间交换了位置。

“我不是你娘。我只不过是在院后的小巷捡到了你罢了。你别叫我娘，我受不起。”柳哲的神色微变，眼神中闪过挣扎与哀伤，“三娘不是一直都这么念叨的吗？不是一直让我们别把她当作亲娘吗？不，你不明白，你完全不明白三娘对我寄托着怎样的情感。你不是我，你不是花易折。”

萧琪突然意识到另一种可怕的可能性，强黎让他们对戏不为别的，只是想看两人对于这个角色的信念是否强烈。

而柳哲正在瓦解她的信念——用一种跳出正常逻辑、在正式拍摄中永远不可能出现的方式。

“古道西风瘦马……”

萧琪早已泛红的双眼中，忧伤和痛苦掩盖了原本的愤怒，她手腕一转，再次出剑。

这次，柳哲没再闪躲，也是右手虚握，九花剑出，与萧琪剑影交织。两件略有差别的金缕彩衣，在黄昏中，古道上，迎着飒飒的风，裙袖翻飞。

“夕阳西下，断肠人在天涯。”

“Cut！”强黎的声音，伴随着拍桌子的声音，响彻整个试镜场地。

萧琪与柳哲慢慢分开，之前代入的情绪都没办法在短时间内消解，两双微红的眼睛盯着坐在不远处的强黎。

强黎挥了挥手，不耐烦地说了句：“什么乱七八糟的？先去休息一个小时，然后回来，第三轮。”

两人离开，再次回到了等候室。

任岚义凑近强黎，低声问道：“黎叔，这第三轮还要比吗？”

强黎手指无意识地敲着桌面："怎么，你已经有选择了？"

任岚义的脸色很难看，他不安地说道："我们不是一开始就有选择吗？看了刚才的表演以后，讲道理，我觉得对不住另一位。"

强黎将茶杯递给一边新招的助理："帮我换一杯新茶。"

萧琪坐在等候室里，回味着刚才的那场戏。

她起身去了洗手间。

"你们两个都太厉害了。"南萧兴奋地赞叹，"我简直就像是坐在 VIP 包间，超级近距离地感受演员的演技。"

萧琪却沮丧地回道："我输了。"

"输了？"南萧感到很意外，"怎么就输了？我完全看不出你们之间谁强谁弱，怎么就分出输赢了？"

"在我对角色的信念产生动摇的时候，我就输了。柳哲用了一种非常规的方法，让我出戏了。我甚至以为黎叔在柳哲完全偏离逻辑后，就应该立刻喊停了。"萧琪叹气道。

"那你岂不是被'阴'了？"南萧夸张地说道。

萧琪否认道："不是那么回事，埋怨对方用非常规或者取巧的方法赢了我，完全没有意义。是我忘了演员的底线，在导演没有喊停的情况下，不论发生任何事，你都是那个角色。我输在这儿。"

"那柳哲不是也出戏了吗？"南萧回想着刚才的一幕幕。

"不……他一直坚信自己就是花易折，他是以花易折的身份在说那些看似破坏原本剧情逻辑的话。说来好笑，本来就是即兴表演，我反而被死板的剧本逻辑所打败了。不过还没结束，我们还有第三轮。"萧琪对着洗手间的镜子整了整自己的妆容和发型。

南萧看着镜子中的萧琪。

这个女人会大大方方地接受失败，也会随时准备好，再度出发。即便是已经十分熟悉的面容，依然让南萧心中泛起了阵阵怜惜。

他越来越理解“另一个”萧麒的想法了……

他现在也想守护萧琪，与她一起努力，同歌而舞。

第九章
离开的预兆

第三轮试镜是考验两人在打戏中的肢体语言。

萧琪和柳哲都演过常规的动作戏，觉得这种测试乏善可陈。

只不过，这次的阵仗比以前大了不少。十个武替演员，正一个个摩拳擦掌地聚在场地的中央，其中一个还原地来了一个后空翻。

“你们两个，去旁边领一把剑，然后走过来，当然，这些人会阻止你们过来。”任岚义对二人说。

萧琪和柳哲愣在原地。

他们要在完全没有事先排练和沟通的情况下，直接开打？

“你们要是觉得这些人不会下狠手，就太天真了。需要帮你们提前联系经纪人吗？”强黎一脸期待。

身为经纪人的游典方早在萧琪等待化妆的时候，就偷偷溜出去了，而叶潇今天根本就没露面，倒是让萧琪略有疑惑。

柳哲走到一边领了道具剑，顺手挥了两下，目光一凛，直直地朝强黎冲去。在这一瞬间，他的脑海中浮现出了古龙小说《三少爷的剑》中的话。

“剑气纵横三万里，一剑光寒十九州。”

他便是独行天下的名剑之士。

这气势让那些武替演员神色一凛，认真对待起来。

一分钟后。

柳哲趴在地上，一动不动，距离强黎所在的位置，还差得很远。

萧琪满头黑线地看着还在一边张牙舞爪的武替演员。她觉得，这一点儿都不像试镜，反倒像综艺节目里的搞笑游戏环节。

“这是认真的吗……”南萧傻眼了。

“萧琪，你要试试吗？”任岚义坏笑着看向萧琪。

萧琪正犹豫着，一旁的侧门打开了，伴随着哈哈哈的大笑声，罗老从里面走了出来，笑着对强黎说：“差不多了吧，你把这俩孩子也折腾得够久了。形体、动作这一关，我这边早把过关了。”

强黎自然知道罗老一直在里面看着，打趣道：“罗老，你都放心不下这两人，要来现场监督，我还谈什么放心？”

话虽这么说，强黎还是站了起来，挥手让十个武替演员退了下去，看了看躺在地上还没起身的柳哲，对萧琪招了招手：“萧琪，我们到里面说话。”

试镜室的隔间，其实是一间休息室。萧琪和强黎分别找了位置坐了下来。

“你觉得怎么样？”强黎率先开口问道，他让身子陷进沙发，

完全放松下来。

此时，萧琪知道试镜已经告一段落，而强黎的心中早已有了人选，接下来应该是公布结果的时候了。按理说，这时候萧琪应该很紧张才对，但其实并不是那样。

“黎叔，这次试镜，其实不是为了二选一吧？”从踏入试镜场地开始，她就一直有一种很微妙的感觉。

“我记得你在我这儿的第一次试镜。”强黎没回答她，“让我很意外，甚至有点儿惊讶。我一直笃信自己看人的眼光，并且不想在不值得的人身上浪费哪怕一分钟。但那天的你我看不透，很神奇。”

南萧听着强黎的话有些不好意思，萧琪感受到了南萧的情绪，也回想起南萧跟强黎抬杠的场景：“是不是因为以前从来没有人敢正面顶撞您？”

强黎不屑地摆了摆手：“你以为我是三流小说里的傻玩意儿？没人顶撞过我，你突然来这么一下，我就要对你另眼相看了？我在与你的对峙中，感受到一种错位感，这种感觉只在第一次见你的时候出现过，后面就再也没有了。”

“错位感？是什么样的错位感。”萧琪惊讶于强黎的观察力。

“很矛盾、很有趣的感觉。”强黎打着手势，“我甚至都弄不清你是‘本色出演’还是‘全凭演技’，就好像一具身体里放了两个完全不同的灵魂，灵与肉在表演的张力中发生了错位的感觉。我说得有些抽象，不知道你能不能明白。不过，很有趣。”强黎再次强调。

萧琪想了想，忍不住问他：“那第一次之后，你之所以让我来第二次试镜，只是……只是因为有趣吗？”她问得小心翼翼——说这样的话，对于强黎这种拍戏大于天的导演来说，未免有些不敬。

但强黎完全不在意，反而很肯定地回答：“是的。不过，没那么简单。那个时候我对于花易折这个人物依然‘拿不准’，近几年有不少男性角色中性化，用投资人的话来说，就是市场喜欢啊，但这不符合我的审美，我以前也没拍过这种类型的角色。你当时给我的那种错位感，让我觉得可能有参考价值。”

萧琪换了个姿势，让自己坐得舒服点儿，到目前为止的谈话内容，让她对之前的结论更加确信了——今天的试镜，本就不是一场二选一的试镜：“所以我体现出价值了吗？”

强黎也不客套，直接摇头：“并没有。你呢，你找到你的答案了吗？”

萧琪回想着那次跟强黎说的话：“不知道算不算得到了答案，在这段时间的培训和与柳哲的竞争中，我承受了很多压力和质疑，不过，在刚刚的那场对手戏里，我感觉很好。”

“这不是拍其他戏也会有的过程吗？”

“不一样。以前要么是被公司驱使，要么是为了争气，这次没那么多杂念。”

“这次就没有想证明自己的赌气成分在里面？”强黎的话一针见血。

萧琪为难地笑了笑：“不能说完全没有，但更多的是为了感受‘做演员’这件事。”

强黎看着萧琪，突然从怀里掏出一包烟，点上一支，深深地抽了一口，又长长地吐出一口烟，突然没头没脑地问：“你知道姜母鸭吗？”

话题转移得太突然，萧琪完全没有准备，歪了歪头，面露疑惑。

强黎也不等她回答，又接着说了下去："姜母鸭是我们那儿的一道名菜，拿一个大砂锅，把准备好的番鸭放到锅里，配上芝麻油、生姜条等一堆作料翻炒，差不多了，就往里倒酒啊、老抽啊什么的再炒，然后放到熬好的猪骨浓汤里炖。炖上个把小时，要把作料的香味——那种姜味都生生地熬进番鸭肉里。最后，出锅。"

萧琪不明白强黎想说什么，只能点了点头，应和道："听起来，确实是一道美味。"

"当然是美味，这是我最爱的一道菜。姜母鸭、姜母鸭，除了鸭之外，最重要的就是那份姜，没有姜，鸭肉绝对到不了那个味道。"强黎久久地停顿了一下，然后眼神略带怜惜地对萧琪说道，"拿这次试镜来说，你就是那片姜。缺你不可。"

"但不是主菜。"说到这个地步，萧琪也明白了强黎想表达的意思，"所以，柳哲才是那只要烹饪的番鸭。"

强黎点了点头："你是个很聪明的演员。其实在我还没有提醒之前，你就已经从试镜的氛围里，读出了这层意思。确实，我倾向于选择柳哲，但他需要外力去成长。他需要竞争，不断地竞争去迫使他达到我的标准。而你带给他的成长，有点儿出乎我的意料。这段时间，你们两个的成长，都让我刮目相看。"

南萧听了，有些生气地对萧琪说："敢情你花费那么多时间，是来当陪读的？那么多的精力和心血，在这人面前完全不算什么？！"

相比南萧的愤慨，萧琪反而平静得很，就像她之前所说的那样，对于这个结果，她有所准备。

但有所准备，并不代表她能接受："黎叔，你又是怎么看待我这段时间的努力和付出的？"

强黎慢悠悠地抽了一口烟："你比我更清楚，在这个行业里最没用的是什么？就是没有达到目的的努力和付出。嚷嚷着'我努力了，我付出了'，又如何？我不是你的父母，我也没有义务要照顾你的心情，你在接受试镜的时候，就应该有了会浪费这么多时间和精力的觉悟了。"

强黎说得过于直白，丝毫不留情面，但萧琪明白，这就是残酷的现实。在所有人都努力生存的地方，有时努力只是最廉价的自我安慰剂罢了。

平时行事匆匆的强黎，今天格外有耐心，就坐在萧琪面前，一口接一口地抽烟。

"这就是你要和我谈的事？现在我们已经谈完了……"萧琪说。

"你之后有什么戏？"强黎问道。

"戏？"萧琪不明白强黎问这个干什么，"还没有下一步的安排，为了这个角色，我没有去接触其他剧组。"

"你不会离开这个行业，不会放弃当演员。"强黎的眼神充满热忱。

强黎的目光竟让她感觉到了些许暖意："有了这次的经历，我更不可能放弃了。不是出于那些'为了梦想奋斗一生''体验各种角色的生活'之类的崇高理由，我只是在这段时间里，发现表演是一件让我即使碰到再多非议、再多阻碍都想继续做下去的事。

"我无法想象离开这一行，我能做什么，演戏这件事和演员这个身份陪伴我十几年，它们成了我生活的一部分。我只是在过自己的生活。"

强黎竟然笑了。

这是萧琪第一次看到他笑，这个笑容很温暖。

“很多人不懂，尤其是你这样的年轻人。他们总觉得梦想远远高于生活，是值得为之奉献一切的信仰，而生活则是脚上的镣铐，是不断将自己拉向谷底的重担。他们够不着信仰的时候，就会沉沦，开始埋怨，觉得是该死的生活阻碍了他们实现宏大的梦想。”强黎顿了顿，观察萧琪的反应，又接着说道，“并不是这样的。梦想和生活从来都是不能割裂的，将梦想当生活，才能平静地去面对困难和挫折，就像在生活中面对打雷下雨一样。激情不可能持续一辈子，但生活本身就是一辈子。”

萧琪体会着强黎的话，听得不是很明白。

但那又如何，她总会想通的。

现在，她只需要“戴着镣铐跳舞”，将这支舞跳好，就够了。

强黎起身，又想到了什么，转身对萧琪说道：“我刚说了在这个行业里，最没用的是执着于自己的努力和付出。不过，有一样东西在这一行里还是非常重要且有用的，那就是人脉。从今以后，我就是你的人脉之一。”

强黎将自己的名片放在萧琪的面前，然后在名片的背面写了一串号码：“这是我的私人号码。”

萧琪接过名片，不知所措，恍惚间，强黎已经离开了。

这时，南萧控制了身体，萧琪的精神已经非常疲惫，她去休息了。

南萧在座位上坐了许久，才悄然离开休息室。

试镜室里的人已经散了，留下空荡荡的大厅，天花板上只有中间孤零零地亮着一盏灯。窗外的阳光已经消逝，黑夜的帷幕拉开了。

他默默地走到灯下，轻轻地转了一圈，脑子里是想象中刚才萧琪表演时的模样——金缕彩衣，裙袖翻飞。

即便外表相同，他也永远做不到像萧琪一样，拥有那样的美感。

萧琪是无可替代的，他想。

又在试镜室待了一会儿，南萧回到了化妆间。

出乎他意料的是，Kitty 正坐在里面看手机，见南萧进来，笑盈盈地说道：“我想你总不至于失落到自己的包都不要了就跑了。来，坐下，我帮你卸妆。”

面对 Kitty 的好意，南萧愣愣地点了点头：“谢谢。”

Kitty 自然知道今天试镜的结果，也没在意南萧有些反常的态度，一边给他卸妆，一边笑着说道：“没什么大不了的，回头 Kitty 姐再帮你留意一下好角色。接黎叔的戏，以后还有机会。”

南萧也不知道回什么，只能连声道谢，乖乖地坐在椅子上，任由 Kitty 摆弄。

和漫长的化妆时间比起来，卸妆就像只用了一眨眼的工夫。但在这一眨眼的工夫里，南萧依然如坐针毡。Kitty 的好意和关怀，放在他的身上，他感到说不出的别扭。

按理说，Kitty 专程等着给萧琪卸妆，错过了吃饭的时间，南萧怎么着都应该请人家吃顿饭致谢。但 Kitty 在南萧犹豫的时间里，很干脆地独自离开了。

今天意外不断，南萧走到楼外，游典方竟然站在车边等他，带着意味不明的微笑。

在之后的几天里，萧琪在家中好好地休息了一番，一直紧绷的神经，终于得到了放松。

这几天，萧琪的家里也难得冷清，沈恩飞进了一个剧组，短时间内不会回来了。洛秦川已经进了强黎的《九裳》剧组。游典方又不见了踪影，据说他还是好好地去上班，只不过下了班以后不回家。

所以，家中又只剩下她了。

这天，萧琪的意识清醒过来的时候，已经是中午十二点了，身体依然有一种脱力感——南萧又熬夜了。

手机振动，不断地发出嗡嗡的声音。

萧琪费力地伸手把手机拿过来，上面显示着一串陌生的号码。最近的广告电话越来越多，她下意识地想挂掉，又担心万一是认识的人有重要的事找她，还是接了起来。

“你好，请问是夜雨人先生吗？”电话那头的人报了一个萧琪从没听过的名字。

“不好意思，你打错了。”然后，她就挂了电话。

门铃突然响起，萧琪将毯子盖过头顶，赖在床上不想动。

过了好一会儿，门铃声终于停了。

她没办法，还是起身，给自己披了件外套，下楼开门。

门外站着的是萧晴芸。

虽然之前萧琪过生日的时候，她们之间的关系稍微缓和了些，但距离上次萧琪去医院复查，她们已经好几个月没见面了。其间，两人似乎又回到了互不联系的状态。

萧晴芸直接找上门，萧琪好奇她的来意。

“你怎么过来了？”萧琪伸着懒腰，拉伸着酸痛的肌肉，将萧晴芸让进了屋。

萧晴芸看了一圈，找椅子坐下，问道：“你昨天没休息好？感觉很疲惫。”

“不太清楚。”萧琪含含糊糊地回了一句，“我问你话呢，你来之前怎么都不说一声？”

萧晴芸指了指萧琪丢在一边的手机：“给你打了五个电话，你都没接，只能趁着午休来找你。”

萧琪一愣，拿起手机一看，这才发现未接来电上有一个显示着“7”的小红圈：“我睡觉的时候，手机静音，没注意到。”

“没关系，我是想问你今晚有没有空，你舅舅想见你。”

“我舅舅？”

萧琪的舅舅，不就是和她父亲一起跑去美国的那个人吗？之前他回来只找了萧晴芸，带来了她爸的消息，怎么现在突然又要见她了？

“对。你愿意去吗？”萧晴芸问道。

“这……突然问我愿不愿意，我又不了解他……他为什么突然想见我？”

“我也说不出原因。他回国以后，好像特别忙，今年我也没见过他。早上他突然给我打来电话，说是今晚难得有时间，想找你一起吃个饭。毕竟他和你爸相处的时间最久，我想你可能想知道你爸在美国的事情。”

萧琪犹豫：“我爸的事？”她喃喃自语，脑子里出现的却是南萧的父母，“我去吧。”

萧琪决定赴约。和强黎聊过之后，她一直在消化强黎对她说的那些东西。她发现她的父亲就是强黎口中那个将生活完全抛开，孤注一掷地追求梦想的人。他在异国他乡又是怎么让自己坚持下来的呢？萧琪很好奇，想听听她父亲到底是个怎么样的人。

萧晴芸留下了晚上吃饭的地址和时间，起身赶回医院，临走前，她站在门口，又回身看了看萧琪：“这是时隔二十几年的

家庭聚会了。果然是年纪大了，我也越来越软弱了。”

到了下午三点多的时候，南萧的意识才清醒过来。

“你最近一直熬夜，在干什么？”萧琪觉察到南萧已经醒了，问道。

“抱歉。最近有些事在忙。”

“你没必要对我说抱歉，这身体你也有一半的使用权，累也是我们一起累……反正我最近也比较闲。”萧琪按着手中的遥控器，躺在沙发上不停地切换着电视频道，整整一个下午，她的心思都没在电视上。萧晴芸的邀约，让她心神不宁。

“你变了好多。”南萧听到萧琪的话，忍不住感慨道。

“有吗？”萧琪下意识地问道。

“有啊，还记得当初你的态度吗？恨不得想尽一切办法把我赶出去。现在竟然会觉得我也有使用权。”南萧的这种说法有些暧昧。

萧琪沉默片刻，说：“只是习惯了而已。”

“习惯啊……”南萧的心中有些许的伤感一闪而过，并没有被萧琪发觉，“你怎么一直在换频道，找不到想看的，还是有什么心事？”

萧琪关了电视，把遥控器丢到了一边：“晚上有约。”

“想不好该不该去？要和谁见面吗？”

“倒不是在烦恼去不去，我已经决定去了。只是我不知道自己是否做好了面对的准备。我感觉被你影响了，我以前不是这个样子的。”萧琪觉得自己以前可没这么多愁善感，但当她这两次面对萧晴芸的时候，发现心不再尖锐了。

“对不起。”

“你怎么回事，奇奇怪怪的，并不是要你道歉啊。”

南萧打着哈哈：“既然决定去了，就不要想那么多了，准没准备好，都要面对，不是吗？”

萧琪叹了口气，从沙发上爬起来，开始为出门做准备。

晚餐的地点离萧琪的家很远，要一个多小时的车程，在市区中心的一处自然景点内。

萧琪所在的城市是著名的旅游城市，整座城市是以著名的自然风景区为中心，向外辐射建设的。

这个景点中的这家饭店，萧琪从来没听过，对美食并没有太高追求的她，甚至都不知道这个位置有饭店。

萧琪坐在车的后排，看着两边不断向后延伸的林荫路，身后的现代建筑越来越远，逐渐隐没在夜幕之中。

长长的车道够两车并行，但在这条路上开了近二十分钟，萧琪也没有见到其他车辆。

又行了十分钟，车在一处设计古朴的门亭前停了下来。萧琪看到旁边的石碑上写着“落阁”的字样，便是这家饭店的名字了。

下了车，萧琪一下子皱起了眉头，她的高跟鞋在石子路上走得格外费力。她奋力跨了几步，才跨过了门亭，踏上了里面的青石板。她往里走了两分钟，都没碰到一个服务员。

直到她走到了一间木阁前，才有一个人从里面悠闲地走出来，对她礼貌地低头问好，也不多问，直接将她领进屋子。

大厅很大，却只放着一张大方桌、三把椅子，其中的一个位置上，已经坐了一个人，一个萧琪十分熟悉的人——导演萧祈安。

“萧导，”萧琪吃惊地看着正喝着茶的萧祈安，“您怎么……”

“晴芸姐堵在下班的路上，还要一会儿才到，你先坐吧。”

萧祈安微笑着帮萧琪拉开椅子，“这地方我也是听朋友推荐的，比较安静，不会有其他人打扰。”

眼前的一切都在指向一个事实，那就是萧祈安便是她母亲的弟弟、她的舅舅，也是跟着她的父亲一起跑去好莱坞的人……

“这儿挺贵的吧？”震惊之余，萧琪顺着萧祈安的话，附和道。

萧祈安慈爱地看着眼前这个不知所措的外甥女，提起茶壶，给萧琪倒了一杯清茶：“我知道你有很多疑问，今天把你约出来，就是想和你好好地聊一聊。你希望先从哪儿开始？”

“我……”萧琪刚起了个头，萧祈安突然一抬手。

“哎，等等，差点儿忘了。”说着，萧祈安把一份菜单递给萧琪，“先点菜，别饿着了。”

萧琪愣愣地接过菜单。菜单精美得像画册，但萧琪无暇去欣赏，一页页地翻过去，她甚至都记不住前几页看到了什么菜，脑子里一片混乱。

萧祈安看萧琪那副样子，挥手招呼服务员过来：“三个人，多上点儿你们这边的特色菜，具体的菜品和数量，交给今天的主厨自己选择吧。”

服务员低声道：“好的，您说的我会和主厨去沟通。请问一桌菜的价位需要控制在多少？”

萧祈安打趣道：“你们这儿是黑店吗？”

服务员一时语塞。

萧祈安大笑道：“逗你的。我看你们这儿也不是黑店，整体服务都挺好的，价位什么的，你们看着办吧。”

服务员捧着菜单下去了。

萧琪也笑着放松下来，问：“当时找我进剧组，也是因为我和萧导你的这层关系吗？”

萧祈安抿了口清茶，忍不住叹息：“我倒是真没想到，你问我的第一个问题是这个。我还以为你会先问……”

“先问我的父亲？”

“你就不想知道你父亲的事吗？”萧祈安提到萧琪的父亲时，神色黯然。

萧琪沉默了一会儿，整理了一下自己的思绪，嘴张了张，说：“我也不知道。说起来，我连他的名字都不知道，我……”

“齐志。”萧祈安打断了萧琪的话。

“齐志？”萧琪喃喃地复述。

“修身齐家平天下的齐，志向的志。这是你父亲的名字，齐志。”接着萧祈安又带着点儿请求的意思说道，“不要忘了他。这世上，记得这个名字的人，已经不多了。”

“所以，我名字中的‘琪’……”

“打听到你名字的时候，我有些触动。你的姓跟着我家，但阿姐还是把齐志的姓，放进了你的名字里。阿姐没有忘记过他。”

但萧琪对这件事并没有什么特别的感觉。她比以前更理解小时候母亲对她的厌恶——看着萧琪名字中有那个男人的姓氏，萧晴芸对那个男人有多恨，就会多讨厌萧琪。她并没有跟着萧祈安自我感动，反而神情中多了点儿冷意。在心里的某个角落，她自以为已经开始修补的缺口，又多出一条细微的裂痕，她能感受到偷偷溜进来的冷风。

“因为他是我的父亲，所以我就必须记得他吗？”

萧祈安对萧琪的反应很意外，一时不知道该怎么办，说出的话里满是心虚：“毕竟……他是你的父亲。”

“你和他在一起那么久，你跟我说说，他知道自己生的是个女儿吗？”萧琪又问道。

萧祈安的脑海中立刻浮现出当时的场景。

他和齐志在一家中餐店中刷着碗，他好不容易收到了父母的来信，信上除了劝他回去之类的唠叨之外，还提了一句，说萧晴芸生了个女孩儿。

他兴奋地拉着齐志，将这个消息告诉了齐志。齐志头也没回：“哦。听说明天第七大道那边有个剧组拍摄，我们一起去碰碰运气，看能不能混个群众演员。”

现实与回忆交织，当时齐志脸上有多冷漠，现在萧琪的脸上就有多麻木。萧祈安说不出那句简单的“他知道”，在这一刻，他所设想的美好夜晚开始崩坏，他明白，痛哭流涕怀念故人，父女、夫妻释怀的大团圆剧情注定不会在今晚上演。和很多上了年纪的人一样，他高估了长辈对晚辈的影响力，高估了父亲的重要性——没有任何共同的回忆，没有任何情感基础，父亲对于孩子也不过是冷冰冰的两个汉字而已。

“他不知道。对吗？”萧琪再次问道。

萧祈安端起杯子，一口气喝干杯子中的清茶。他咬了咬牙，勉强撑起一个笑容。

萧晴芸在服务员的带领下，进了屋子，在沉默的两人面前，坐下。似乎对尴尬的气氛有所察觉，她问道：“路上太堵，稍微晚了点儿。你们已经互相介绍过了吧，在聊什么？”

萧祈安苦笑着，干巴巴地说：“我想和萧琪聊一聊，我一个好朋友的事情。”

萧晴芸没听明白，但也不想一坐下来就聊那个男人，就问萧琪：“听说你之前已经和祈安见过了，是参演了他的戏？”

萧琪点了点头，问萧祈安：“舅舅，你之前的那个问题还没回答我。”

当时他找她进组，也是因为她和他的这层关系吗？

“是我通过张悠游找的你。当时我刚回国，在外头待久了，想回国来看看。我和张悠游以前就接触过，回来以后我们聊过几次。从他那里看到了你的演员卡，就想让你来试镜。”

对于这个避重就轻的答案，萧琪显然并不满意：“那之后的试镜呢，也是因为我，才打算把苏氏的人踢出剧组吗？”

“你觉得可能吗？”萧祈安突然笑了起来，“我确实想帮你，想着不管怎样，至少给你个女二，但也仅此而已。真正让我改变主意、让你拿到女主角的，是你的演技。”

萧琪接受不了这种说法，那次的试镜差点儿被半路“杀”出来的南萧搅了局。即便是在身体的主控权转移之前，她在与秦洛芷的对手戏中并没有一直占上风。

“萧导，你要是这么说话，我们之间就真的没什么可聊的了。我还是有自知之明的。”

萧祈安摸了摸脑袋，实在忍不住，又扯上了齐志：“阿姐，这孩子的脾气真像齐志。听不得好话，什么事都要摆到台面上说。”

萧祈安一提到齐志，萧晴芸的脸上也覆上了一层冰霜。她一言不发地盯着萧祈安，萧祈安顿时觉得一个头两个大：“是我不好、是我不好。”

就在这时，服务员开始上菜，主厨也跟着服务员来到桌前，刚打了声招呼，话还没说完，主厨就对上了转过来的萧家母女的视线，立刻结结巴巴地改了口：“慢……慢用，几位慢用。”

接着，主厨转身灰溜溜地跑了。

萧祈安无奈地给萧琪和萧晴芸倒上红酒，拿起自己面前的杯子："其他的事我们慢慢聊，大家先碰一杯，能坐在一起吃饭，对我们三个来说多不容易啊！"

萧琪和萧晴芸似乎都没有举杯的意思。

萧祈安的酒杯在饭桌上空晃了一圈，自己喝了一口，心里不由得叹气：不是一家人不进一家门，萧琪哪里只是和齐志像啊？她和萧晴芸一样有着瘆人的脾气。他已经有点儿后悔组织这么一个饭局了。

"好吧，看来不说清楚，我们这顿饭很难吃下去了。萧琪啊，我承认，那次试镜的时候，我确实是因为我们的亲戚关系才执意让你来演女主角的。因为你爸……因为齐志，我对你很愧疚，想为你多做点儿事。特别是听到你被苏氏影业解约的消息后，我想利用自己的关系，帮你一把。"萧祈安边说边不停地喝酒，好像酒精能让这些话更容易说出口似的。

"难怪了。"萧琪喃喃自语地道，后来在片场，秦洛芷曾对她说过她是个幸运的女人，原来就是指的这事，"苏氏影业突然又和张悠游做交易，重新签了我，也是因为你？"

"确实是因为我。"萧祈安感叹道，"苏语仑是个可怕的年轻人，敏锐度让人叹为观止。他仅仅因为发现了我和你的关系，就挖到了我的很多秘密。现在回想起来，也许在我刚回国的时候，我就已经被他盯上了。"

"苏语仑就是那个明星吗？他是你的老板？"萧晴芸不关心演艺圈，但苏语仑的名字，她还是听过的。

萧琪点了点头："我的很多事，你都不知道吧？"

萧晴芸叹了口气，拿起酒杯喝了一口："这酒有点儿苦。"

萧祈安将酒杯凑过来，和萧晴芸的杯子碰了一下："我们分开了太多年，有很多事可以好好地说一说了。"

这话一出口，萧琪和萧晴芸不约而同地喝了一口酒，动作和神态在这一刻高度统一。

这场景让萧祈安有些唏嘘："当时我在外头，在各个剧组间转，慢慢地从场务混到了副导演的位置，被大导演皮特赏识，介绍给很多制作方。我那时候是偷渡去的，没有身份证，只能化名做个'影子'。可能你们觉得很神奇，其实这事没多玄乎，就是拍出来的作品，不会挂你的名字。"

萧祈安说得轻松，萧晴芸感受不到什么，但作为演员的萧琪却能体会其中的心酸："所以，苏语仑就是利用了这一点，威胁你和苏氏影业合作，起用苏氏的人吗？"

"如果只是威胁，那么苏语仑也不过如此……你舅舅我混到现在的地位，不是这么点儿胁迫，就会就范的。"萧祈安说到苏语仑的时候，并没有多反感，反而有些佩服，"他约我的时候，我第一反应也和你一样——来者不善。毕竟我刚刚拒绝了苏氏的投资，还清掉了他们的艺人。结果事情和我想的完全相反。"

"相反？"萧琪回忆着印象中的苏语仑，他总能考虑到怎样让利益最大化。

"他是来和我谈合作的，带着十分优厚的条件。他把我的底细都调查清楚了，看过我拍的那些戏。他作为投资者、制作方，想邀请我导演苏氏的几部电影。'既然回国了，这次就用萧祈安的名字，让全世界都知道你'，他是这么说的。"

"你被这人看透了啊。你和……和齐志当时不就是想扬名立万，才抛下一切往外跑的吗？"

萧祈安将眼睛眯成了一条缝，乐呵呵地说道："阿姐，你这是在讽刺我，我听出来了。"

萧晴芸愿意提到齐志，让他轻松了不少。

萧琪的心思则全在苏语仑身上。

如果萧祈安说的是真的，苏语仑对她说的那些话、让她回苏氏的原因，她就完全能理解了。

萧晴芸在桌上看了一圈，又一口喝了一大杯红酒，眼眶有些泛红："齐志在那边……过得怎么样？"

"漂亮话对你们来说也没什么意义，你们也不喜欢听，我就如实说吧——很惨。去之前的凌云壮志、美好幻想都经不起现实的打击。普通人往上爬所要付出的代价，太多太可怕。"

他不细说，萧琪和萧晴芸也不打算细问。

"童话之所以是童话，奇迹之所以是奇迹，就是因为它们不会发生在每个人的身上。"萧祈安晃着酒杯，看着红酒在透明的杯壁上染出一圈圈红色的轨迹，转瞬间又滑落、消失。

萧晴芸举起酒杯和萧祈安的杯子碰了一下，萧琪迟疑片刻，这是照做了。

三人默默吃着菜，这里的菜做得十分精致，色香味俱全，但在座的都没把太多的心思放在品菜上。

这种时候，还不如吃路边的大排档。萧琪的脑海里突然跳出这么一个想法，在大排档，人们的神经更放松。相比之下，如此雅致的环境，配上这精心雕琢的菜品，反倒像一个华丽的牢笼，压抑着大家的情绪。

"我手上有个本子。"萧祈安打破沉默，对萧琪说道，"苏氏刚买下来的故事，我打算拿来拍，希望你来演。"

"又不用试镜吗？"萧琪面无表情。

"怎么会？这次和之前的那次不一样。那次是我的一种尝试，为了尽快了解国内的拍摄情况，我需要一次和剧组人员低成本的磨合。这次不一样了，我要投入全部的精力，好好完成这部作品。所以让你来演也是有前提的，那就是你必须通过我和苏语仑的试镜。”

萧琪没有立刻答应：“是什么样的本子？”

“一个苏语仑并不看好的剧本，但我能看到这个故事的亮点，我有强烈的信心可以完成一部杰作。”萧祈安得意地说，“《麒麟有琪》，最近网上人气很高的条漫作品。”

“咦？”南萧突然发出了轻声的疑问。

萧琪确认道：“麒麟什么……条漫？”

改编成影视剧的作品大部分是小说。虽然有一些漫改作品，但很少有成功的，而且一般是做成小成本的网剧或网络大电影。至于作为漫画范畴的一个细小分支的条漫，更是鲜有人问津。

而萧祈安所说的这部作品，萧琪压根儿没听过，很可能只是特别小众的作品。别说苏语仑这个投资人不看好，萧琪光是听一听，都有点儿担忧。

“我知道你在担心什么。不过，不了解故事的内容，只听名字就对作品持怀疑态度，可就太武断了。你要对我的眼光有信心才行。”

虽然萧祈安说得信心满满，但萧琪想到那部同样有着奇怪名字的作品——《乐克乐克的花季少女有烦恼》，脸上还是不免露出了怀疑的神色。

这时，萧晴芸插嘴：“你回来以后，不是拍了一部电影吗？那部电影的评价好吗？”

“当然是不错的，你弟弟我在当导演这方面，好歹有那么多年的经验，能差到哪儿？网上的评分一直保持在七分以上的。”

“才七分，那不是烂片吗？”萧晴芸平时不太关注电影评分，不留情面地说。

萧祈安的脸一沉：“七分怎么就是烂片了？”

“满分不是十分？”萧晴芸又问道。

萧祈安：“……”

在一旁听着姐弟俩争执的萧琪说：“七分还可以，也别说什么烂片，毕竟我是里面的女主角。”

萧晴芸看萧琪笑了，突然觉得心又软了几分。在知道齐志去世之后，她对那个男人的怨恨不断转化成追忆。女人的心是水做的，千里冰封，也有融化的时候。融化之后，在流淌出来的春意中，是对过往的遗憾，以及对女儿的愧疚。

酒过三巡，萧晴芸和萧祈安的脸上都泛起了红晕，只有萧琪的脸色正常。

“萧琪真和齐志一样，喝再多都不会显现在脸上。我还记得你第一次带齐志来找我，那时候的我真是年轻气盛，想这小子竟然成功地夺走了我姐的芳心，就想在酒桌上好好地教训教训他。结果你还记得吗？”萧祈安的话匣子已经关不上了。

“记得。你们喝了一箱红酒，你脸红得像只烧鸡，他毫无反应。”萧晴芸说。

“对啊，当时把我吓坏了，心想这个未来的姐夫是个狠角色啊！结果我轻轻地推了他一下，他就直挺挺地往后倒在地上起不来了。”萧祈安边说边哈哈大笑，笑着笑着，就看到萧晴芸笑着的脸上，流着泪。萧祈安的笑也停了，他直直地盯着地板。

萧琪给萧晴芸递上纸巾。萧晴芸却没有接，而是靠了过来，一把将萧琪紧紧地搂在了怀里。她的鼻腔里充满了萧晴芸身上的味道，脸上是透过衣服传来的体温。在萧琪的记忆里，这是第一次被母亲这么抱着。贴在她背上的双手，好像还在微微地颤抖。

她从萧晴芸的怀抱中挣脱出来，用手捂着脸，冷静了片刻，对桌上的两人说："我喝得差不多了，身体不太舒服，先回去了。下次再联系吧。"

说完，萧琪便跑出了屋子。

萧琪没有叫车，独自踩着石子路往外走。高跟鞋踩在上面硌得脚疼，她干脆把鞋提在手里，光起了脚。

"你醉了吗？"南萧突然问她。

"你才醉了。"萧琪说着标准的醉话，片刻后问，"你觉得我做错了吗？"

"做错了？"南萧不知道萧琪指的是什么，毕竟今晚他感受到了太多萧琪的复杂情绪。

"晚上的许多事。这是时隔近二十年的家庭聚会，我未免有点儿煞风景了。"

南萧知道萧琪不是真的在问自己是否煞风景了："有句话是'血浓于水'，你父亲……"

"我不是在说他的事。我对萧……舅舅说的话不是玩笑话，我确实无法理解单纯建立在血缘和称呼上的亲情。小时候，有一段时间，我只想怎么才能让萧晴芸多看我一眼，怎么表现才能换来她的一句赞赏。至于'要是爸爸在就好了'之类的念头，从一开始就不存在。"

"抱歉……你打算一直走回去吗？"

不知不觉萧琪已经走了二十分钟，脚下的石子路早就变成了平坦的马路，她穿上高跟鞋，走在幽静的路上，响起清脆的哒哒声。

"还不想回去，去湖边坐坐吧。现在脑子有点儿晕。"萧琪往湖边走去。

“所以你当初才那么喜欢程凉生吧？”南萧说。

“怎么又突然提到他了？”萧琪脚步踉跄了一下，差点儿摔倒。

“喂，你要不要叫车回去？感觉下一秒你就要躺在马路上睡着了……”南萧担心地说。

萧琪完全不当回事，笑着说：“我要是酒劲儿上来，睡着了，不还有你吗？你带我回家啊！”

南萧哭笑不得：“你是把我当阿拉丁神灯了吗？不管在哪里，只要你闭上眼睡下，我都能照顾好你？”

“快一年了，你不是一直都这么干的吗？你不仅会带我回家，还会给我吃药、喝姜汤呢！是不是啊，神灯精灵？哈哈哈，要不以后就叫你小蓝吧？”萧琪笑嘻嘻地说。

“看来是真的醉了……要不现在你就地躺下，换我来吧？”

“现在吗？我试试。”萧琪说着就往地上躺去。

南萧吓得够呛：“这是马路上啊，你能躺旁边吗？”

他的声音似乎完全没有吵到萧琪，她就这么自顾自地躺了下去。

南萧没办法，拼命去控制身体。

迷迷糊糊间，南萧终于拿到了身体的主控权，萧琪的意识进入了梦境。

但南萧还没有行动，就觉得身子像是突然飘了起来。

南萧这才意识到，酒精是直接作用于身体的。这次是萧琪喝酒，而且醉得有点儿厉害，跟他控制身体喝酒的情况不一样。就在他接管身体的那一刻，醉意就侵入了他的意识，让他也昏昏沉沉的。

好在他对酒精的免疫力比萧琪强点儿，还能睁开眼。

映入他眼帘的是一张熟人的脸。

南萧花了好长时间整理思绪，才发现自己正躺在这人的臂弯里。

这人竟然将他打横抱了起来！

“柳哲？”南萧有点儿醉意上头，指着柳哲的脸说道，“你……你怎么会在这儿？你不是应该去拍戏了吗？”

柳哲神色黯淡，满脸关切，闻到了酒味，皱了下眉：“你喝多了……”

“萧琪才喝多了呢，这点儿酒对我来说还不算什么。”凭借仅存的理智，南萧又强调道，“不对，我就是萧琪，哈哈，那就是我喝多了。”

柳哲叹了口气，对身后刺眼的车灯挥了挥手。那辆车缓慢地行驶到两人的身边，车窗落下，叶潇的脸露了出来。

“嘿，潇兄！好久不见，好巧啊！”南萧兴奋地打招呼。

叶潇满头黑线。

柳哲将南萧向怀里搂了搂，说：“我送你回家。”

“回家？萧琪不想回家，萧琪之前说……”南萧眯着眼回忆之前萧琪说的话，“对了，萧琪说要去湖边坐一坐。”

“看样子，醉得不轻。”叶潇叹了口气，“接下来也没什么行程。湖就在前面，你带她去坐坐，吹吹晚风，醒醒酒也好。我开车去买点儿解酒药，等她好点儿了，我们再送她回家吧。”

安排好他们，叶潇一脚油门，扬长而去。

柳哲抱着人往湖边走去，他的脚步很轻但很稳。

“喂，你放我下来，我自己能走。”南萧挣扎着要从柳哲的怀里下来。

“你别动！”柳哲抬高了音量，见南萧不动了，又立刻轻声说道：“你穿着高跟鞋，醉成这样还走得了吗？”

南萧晃了晃脚，没好气地说道：“最讨厌这种鞋子，我到现在都穿不惯，又挤又硌脚。我是不懂女人为什么要穿高跟鞋。”

“这不是你自己穿出来的鞋子吗？”

“才不是我选的。要我选，就选双球鞋出门了！什么穿衣搭配，好看不好看的，衣服鞋子这种东西，难道不是怎么舒服怎么来吗？平时买那么多衣服、包包、鞋子，堆满了衣柜、鞋柜，竟然还要搞个包柜，有些一年都用不到一次。你能理解吗？”

柳哲看着南萧一副在吐槽别人的神情，努力不让自己笑出来。

虽说湖就在不远处，但他真要走到湖边，还是有点儿距离的，柳哲稍微调整了一下抱人的姿势。

“萧琪抱起来，是不是很重啊？”南萧觉察到柳哲的动作，问道。

“不重不重，你一点儿都不重。”柳哲立刻否定道。

南萧大笑着拍了拍柳哲：“这又不是什么送命题，重就是重啊。放我下来，我好点儿了。”

“快到了。”柳哲没有听南萧的话。

让柳哲选择的话，他宁愿折回去重新走一遍。

南萧见柳哲没有放下自己的意思，索性也不再提，晃着腿，感受着被人抱着走路的感觉。

“你怎么会在这儿？”南萧又问他。

“今天我这边有个通告，就和剧组请了假，明天再回组里。”柳哲想到刚才见到萧琪的那一幕，“你怎么喝得这么多？唉，对不起……”

本来眯着眼感受晚风的南萧，听到柳哲没头没脑的道歉声，嘴角慢慢地弯了起来，露出一个不怀好意的笑容："你在抱歉什么？是不是做了什么对不起我的事？"

"因为我拿走了你想要的角色。"

"什么啊，这事我可一点儿都不在意。你该不会以为我因为这件事才借酒消愁吧？柳哲啊柳哲，你果然还是你。就在这儿吧……"

他们已经到了湖边，这里很幽静。

柳哲把南萧放下，问道："什么我还是我？"

南萧站稳后，拍了拍柳哲的胸膛："以自我为中心、自以为是。试镜都结束这么久了，你别得了便宜又来卖乖啊。"

南萧一屁股坐在湖边的石凳上。从石凳上传来的凉意和湖边略带湿气的清冷空气，让他的脑子迅速冷静下来。

"你为什么喜欢萧……喜欢我？"南萧突然问。

他别开脸，不想让柳哲看到他的表情。

听到这话，柳哲反而放松了不少，也坐了下来："这个问题，我也问了自己好多遍。你和别的女生比起来，有很多不同的地方。但人总不会只因为与众不同就喜欢上对方吧？"

"为什么不会因为与众不同就喜欢上呢？'哇，这女孩子好不一样，我要好好关注她'，然后看着看着就喜欢上了。电视剧里不是经常有这样的桥段吗？四目相对，深情注视，BGM（背景音乐）响起，恋爱就发芽了，就像失控疯长的魔豆，让人能够爬上云端的宫殿。"

柳哲被南萧的话逗笑了："这种感觉还真奇妙。"

"什么感觉？"

"你喝多了以后，就像变了一个人。"

南萧撇了撇嘴："真是抱歉，破坏了你以前对我的美好印象！"

"现在这样也很可爱。"柳哲很真诚地看着南萧。

南萧突然感觉很惊悚，他作为一个男人竟然被别人夸"可爱"："你说得我要吐了。"

柳哲以为南萧在怪他说得太肉麻，不以为意。

"我告诉你一个秘密。"南萧神秘地说，"那就是我喝醉以后发生的一切，醒来以后都会忘记。"

"你……"

"你出现以后的事，我会忘得一干二净。所以你就放心大胆地说，不用担心我醒后和你算账。当然，我现在和你聊的事，醒来以后，我也都不会承认。"南萧转过头，真诚地盯着柳哲的眼睛，"来来，你说说看，我哪些地方与众不同？"

"你这么问，我反而说不出来了。"柳哲哭笑不得。

南萧将目光投向远处的湖面："很坚强，从来不会在外人面前展现出软弱的一面；碰到不喜欢的事，会强硬地拒绝；很理智、很有目的性，为了自己的目标，会一直充满干劲儿地坚持下去。明明长得很美，可以靠脸吃饭，她却不肯让别人因此看轻自己的实力。爱着这样的姑娘，想保护她，让她不用那么坚强，让她能够偶尔将自己的柔弱展示出来，让她依靠。"

平静的湖面泛起粼粼的微波，反射着细碎的月光，就如南萧所想到的感情——镜花水月。

"你……"柳哲似乎察觉到了南萧的异样。

"你想过一场注定没有结果的单恋会如何收场吗？"南萧幽幽地问。

柳哲全身的肌肉绷紧了："你是在说我一点儿机会都没

有吗？”

南萧苦笑着：“你当然有。只是我没有。”

“什么？不是吧……”难道萧琪有暗恋的人了？柳哲把想问的话咽进了肚子。他好像看到了面前这个人长长的睫毛上坠落的泪珠。

“这样吧，我教你怎么追我，怎么样？”南萧在脸上胡乱地抹了一把，也不在意晕开的眼线。

柳哲郑重其事地回答：“好。”

南萧轻轻地拍了拍柳哲的肩膀。他就着这份醉意，就着这片月色，开始胡言乱语。

没过多久，叶潇便驱车回来了。

在回家的车上，南萧和柳哲很默契，都没有说话，甚至在下车的时候，都没有道别。

南萧笑着对柳哲说：“今晚发生的事，我可不会认。”

坐在前面的叶潇目光古怪地盯着柳哲看了好久。

门铃声将萧琪从深层的梦境中拉了出来，她睁开眼，随之而来的是宿醉带来的头痛，萧琪难受得不想起床。

门铃响个不停，怕是屋子里又只剩她一个人了。

她抬眼看了看墙上的挂钟，已经下午一点了，肚子开始咕噜噜地叫唤。

她努力回忆着昨天的事：她和南萧走在路上，后来发生了什么？

她在脑海中呼唤着南萧，但得不到回应，南萧的意识还没有清醒。她挣扎着起身，床边的台子上，放着一杯蜂蜜水，卡片上写着“网上说蜂蜜水可以缓解宿醉”。从字迹上看，这字是

南萧写的。

门铃依然在响，萧琪的头更痛了。

她下去开门。

萧琪觉得自己一定是酒还没醒，因为萧晴芸正皱着眉头站在门外，手上拎着一个大袋子。

“这是？”萧琪迷糊地问道。

萧晴芸从萧琪的身边挤进房间：“你才刚起吧，我买了点儿菜过来。”

“不是啊！今天不是工作日吗？你不上班？”萧琪吃惊地看着萧晴芸，只见她头也不回地把东西拎进了厨房。

“我请假了。”

萧琪怀疑自己是不是听错了，那个永远工作至上的萧晴芸请假了？

萧琪跟着她进了厨房，看到她正不断地往冰箱里塞东西：“你来干什么？”

“给你做点儿吃的。”萧晴芸说着就取下了围裙。

萧琪上前，拉住围裙的一角：“你到底想干什么？”

萧晴芸停下动作：“我想尝试着当个母亲。”

萧晴芸语气强硬，让人想到理直气壮要玩具的小孩儿。

“怎么感觉是我欠你的似的。你想当个母亲，怎么不先问问我还想不想尝试当个女儿？”

“你想吗？”

萧琪一时不知道说什么。

萧晴芸的神色缓和下来，长叹了一口气：“昨天和祈安聊完，我发现真的错过了你的好多事情。我也一大把年纪了，在接下来的时间里，我想好好地看看你。虽然就像你说的，你都不一定想当个女儿，但我……”

萧琪的鼻子有点儿酸。她别开脸，故作不屑地问：“你还会做饭？”

萧晴芸拿着围裙的手一顿，她将萧琪赶出了厨房。

萧琪顶着昏沉沉的脑袋，走进浴室，冲了个热水澡。直到脸上泛出些许红晕，她才用浴巾擦干身体，换上家居服，回到床边，端起了南萧留下的那杯蜂蜜水。

微凉清甜的蜂蜜水顺着食道流进胃里，难受的感觉减轻了很多，心情变得不错的萧琪，从枕头下摸出了手机。

这是南萧的习惯，他总喜欢睡前玩儿手机游戏，入睡时，就会把手机塞到枕头下面，渐渐地也让萧琪养成了每天醒来以后，去枕头下找手机的习惯。

手机上显示有好几条未读消息，其中的一条让萧琪摸不着头脑——

柳哲：“安好，宿醉难受吗？蜂蜜水可以缓解宿醉。”

她回复：“你怎么知道我醉了？”

等了约莫五分钟，柳哲都没有回复她。

这时，萧晴芸让萧琪下楼吃饭。萧琪把手机丢到一边——她不想耗费精力去想这些毫无意义的事。

看着饭桌上的五菜一汤，萧琪忍不住问道：“这素烧鹅应该是买来的吧？”

萧晴芸点了点头：“是。在你家门口的那家卤味店买的。”

“这白切鸡……”

“卤味店的隔壁卖冷盘。”

“这藕片应该也是……”

“对，冷盘店里也有这个。”

“这虾仁是你做的？”

“冷盘店旁边，还有个小饭馆……”

“这番茄炒蛋？”

“也是那个小饭馆的。”

“你还叫了蛋花汤？”

“这蛋花汤是我做的。”

萧琪坐下来夹了一块白切鸡，吃了一口米饭：“这米饭也不像是我家的米。”

“你的电饭煲是液晶屏的，我不会用，就去旁边打了饭。”萧晴芸嚼了口饭，皱着眉头说道，“这家店不太行，这米怎么夹生的？以后你别点那家。”

萧琪叹了口气：“不用劳烦你来，我自己点一圈不就行了？”

“起码喝口蛋花汤再说！”说着，萧晴芸就给自己舀了一勺，“不错，你看咸淡刚刚好。”

“要是蛋花汤都做不好，你就真完了。”萧琪也舀了一勺，有点儿烫。

母女俩沉默了一会儿，然后不约而同地笑了起来。

“我吃了快二十年的医院食堂了，好久没吃这样的饭了。”

“家”——萧琪的心里蹦出了这个字。她上一次吃饭吃出家的感觉，还是在南萧的家里——面对那对完完全全把她当女儿的“父母”。

“我能……还是叫你的名字吗？”萧琪看着萧晴芸。

萧晴芸点了点头，说：“我也要做很多的准备，我们慢慢来……先吃饭吧。”

近二十年的隔阂，又岂是一朝一夕就能完全打破的？萧琪又想到了齐志，觉得一切都是那么讽刺。当年，那个男人抛弃萧晴芸，导致她们母女间出现了问题。现在，又是那个男人的死讯，让她们的关系开始缓和。

萧琪扒了一大口饭，狠命地嚼着，将注意力放在饭的味道上，鼻子就不那么酸了。

这顿饭吃得很慢，她们吃完已经到了下午四点。在萧晴芸收拾碗筷的时候，萧琪一直在想一会儿两人要做什么，她有些紧张。

结果，萧晴芸收拾完后，就准备离开了。

萧琪送她到玄关处。

萧晴芸看着站在门口的萧琪，那个被自己关在门后，哭着喊妈妈的小女孩儿的身影，与现在的萧琪重叠在一起。萧晴芸试探着伸出手，轻轻地拥住了萧琪。

“我不想一下子就融入你的生活。我下次来，听你讲一点儿你的故事。”萧晴芸抚摸着萧琪的脸庞，紧接着向萧琪道别。

萧琪呆呆的。

萧晴芸对她的温柔和小心翼翼，出乎她的意料。

“真好。”南萧在脑海中感叹道。

“你醒了啊，都几点了？”萧琪没好气地说，“昨天我睡过去以后有没有发生什么特别的事？”

“没发生什么。我随手拦了车，就回家了。”

“柳哲为什么知道我喝酒了？”萧琪回到房间，把柳哲的消息给南萧看。

“可能是他从别人那里听说的吧，或者他天赋异禀？”

“你骗鬼……”萧琪的话还没说完，手机就响了起来。

“你好，请问是夜雨人老师吗？”电话那头传来甜美的女声。

“什么鱼人？”

“那个……是找我的。”南萧打断了萧琪的话，“你先帮我

回电话啊，有事找我的。”

萧琪翻了一个白眼，对电话那头的人说：“哦，是我。我就是那个什么鱼人。”

“老师，您好，我是编辑部的编辑。最近导演和编剧想和您见面聊聊，请问您什么时候方便？”导演和编剧？萧琪的疑问一个接着一个。

“明后天都行。”南萧在脑海中说道，见萧琪没反应，又无奈地催促道，“求求你了、求求你了，说话呀，明后天都行。”

“明后天都行吧。”萧琪答道。

她又和编辑约定了地点，才结束通话。

“你打算怎么交代？”

南萧干笑了两声：“Surprise！”

萧琪特意坐到了化妆镜前，看着镜中的自己。

南萧被看得有些心虚，老实交代：“我抽空画了漫画，发到网上，没想到竟然有点儿人气……”

“什么作品？”萧琪想到之前在电脑上看到的半成品，不知道那幅画是不是这个作品里的，里面蕴含的情感，让她记忆犹新。

“这个啊……”南萧支支吾吾地说，“其实，你明天肯定会知道，名字是《麒麟有琪》。”

这个名字萧琪感觉在哪里听过，她努力回忆了一下：“明天要见的导演是？”

“导演就是你舅……就是萧祈安。”南萧说。

虽然早就知道自己条漫的版权已经售出，正在被改编成影视剧，但在家庭聚餐前，他万万没想到是苏氏影业买了它，而且苏氏影业还找了萧祈安做导演。

萧琪想到自己当着萧祈安的面，犹豫着是否要接这部剧，怀疑这部条漫是否够格拍成影视剧，现在转头就要告诉他，“自己”就是这部作品的作者。明天他们见面，岂不是很尴尬？

“我见到萧导应该怎么说？”

南萧也没什么好主意。

“我现在真想抽你……”萧琪翻着白眼，“那时候萧导提起这个，你怎么不跟我说？”

如果萧祈安再次邀请她试镜，她去还是不去？如果去的话，在别人看来，她就是原作者，大家该怎么评价她是否适合这个角色？再加上复杂的家庭关系，这个片约的难度好像一下子从一元二次方程变成了微积分，让已经消退的宿醉感，又一次爬上了萧琪的脑子。

即便她再不愿意，见面已经是板上钉钉的事。

南萧签约的公司，已经派了编辑赶往他们所在的城市，编辑与南萧约好，先在住处和南萧碰头，他们再去找萧祈安。

萧琪甚至都没想起先看看南萧的作品，心烦又疲惫的她当天晚上早早地就休息了。

南萧控制着身体，坐在电脑前发呆。

萧琪没有问他那是一个怎样的故事，让他心里稍微轻松了些。但这是逃不掉的，萧琪早晚会知道的。

画面上的麒麟载着少女，奔向海边的赤红晚霞，一轮落日半沉于遥远的海平面，右下角标着“完结”的字样。这是最后一稿，这个故事，连载了大半年。

与其他作品比起来，这部作品很短，连载时间也不长。它能获得不低的人气，并顺顺利利地卖出影视版权，这是南萧从来没想过的。

第二天阴云密布，空气中弥漫着暴雨将至的味道。

十点多的时候，萧琪的手机铃声响了起来，编辑到了家门口。

编辑看着这栋小豪宅，有些忐忑，不敢直接按门铃，先给萧琪打了电话。

编辑是一个顶着粉色短发、皮肤白嫩的少女：“请问这里是夜雨人老师的家吗？”

这是什么取名水平？

萧琪心想，“夜雨人”像落伍的中老年男人才会取的网名：“你好，我就是夜雨人，你怎么称呼？”

“哎？”编辑惊讶地叫出声，紧接着意识到这样不太礼貌，“抱歉，编辑部的很多人，包括我，都以为夜雨人老师是男的。看到是这么漂亮的大姐姐，我有点儿惊讶。”

南萧的意识似乎还在睡懒觉，萧琪笑嘻嘻地看着编辑，心里早把南萧骂了个遍：“呵呵，一定是你们搞错了。”

“夜雨人老师好，我是一直负责您的编辑萝卜。初次见面！”编辑萝卜也用笑容来掩饰尴尬，递上自己的名片。

萧琪本以为“萝卜”是昵称，接过名片，看到上面赫然写着“罗帛”。

罗帛有点儿不好意思地摸着脑袋：“我爹妈不靠谱，老师别见笑。”

萧琪笑着说“挺可爱的”，就让罗帛在客厅里稍等。

在衣柜前思考了片刻，萧琪决定今天只化淡妆，穿运动装，戴上墨镜口罩就可以出门了。她毕竟不是以演员的身份去见导演，还是朴素一点儿比较好。

萧琪没有通知公司，带着罗帛叫了计程车去了约定的饭店。

一路上，罗帛有些紧张，时不时地转头看萧琪，弄得萧琪怪不好意思的：“你不用这个样子，有什么话直说就好，别紧张。”

罗帛傻傻地笑了两声，捂着脸凑过来，轻声细语地说：“没想到夜雨人老师这么漂亮。有没有人说过老师像萧琪啊，演员萧琪？真的好像。不过在我看来，老师比她更漂亮！真的……”

萧琪听着罗帛的吹捧，哭笑不得。

跟网站签约不都提供身份信息吗？南萧用的是她的姓名吧。

怎么和南萧搭点儿边的人，都这么傻？一会儿她们见了萧祈安之后，这个罗帛怕是真的要羞愧到把自己埋进地里当萝卜了，萧琪想。

和罗帛聊了一会儿，萧琪得知南萧签约的平台不是什么大平台，但编辑很热情，做事专注，体恤作者。即使是南萧这种联系很不稳定的作者，编辑都很用心地照应着。

计程车很快到了目的地，这次和萧祈安约的饭店不算太高级，在市区的商业中心。萧祈安比约定的时间早到了一会儿，弄得罗帛又开始紧张，下了车，她就急匆匆地拉着萧琪跑去订好的包间。

一进包间，罗帛就向萧祈安鞠躬致歉。萧祈安客套地挥手，说没关系。这时他突然看到罗帛后面跟着的萧琪，立刻露出了古怪的表情。

罗帛一看萧祈安的表情，以为导演不高兴了，急忙拉着萧琪上前，介绍道：“这是我们的作者夜雨人老师。”

萧祈安探身问：“夜雨人老师？”

萧琪看向别处，摊开手说道：“Surprise！”

五分钟后，脸红得像胡萝卜的罗帛把头埋在桌上，一个劲儿地喃喃自语：“丢死人了、丢死人了……”

萧祈安和萧琪喝着大麦茶。

“没想到你还是漫画作者。”萧祈安笑着说。

萧琪呵呵笑了两声：“别说你了，我自己都没想到我会是个漫画作者。”

“嗯，我也没想到我会成了一个漫画作者。”南萧的意识已经清醒，他在脑海中跟着萧琪说。

“你看戏看得开心吗？早知道今天我还是一觉睡过去，交给你自己折腾算了。”

南萧说：“唉，说得好像你能控制一样。”

萧祈安放下茶杯，正色道：“所以你才不肯立刻答应我出演这部剧？可我还是希望你能来试镜。”萧祈安再一次强调，“我不是以你舅舅的身份，而是以一个导演的身份说这话。”

“我也希望你能试镜，以作者的身份。”南萧郑重其事地说道，“相信我，这个故事很适合你。”

“怎么，你是以我为原型画的？”

“有一点点借鉴吧，就一点点。”南萧解释。

萧琪叹了口气，对萧祈安说道：“可以，我会来试镜的。”

“试镜？夜雨人……萧琪老师要出演这部剧？”罗帛的眼睛瞪得溜圆，不到半个小时的时间，她接受了太多的信息，感觉自己的大脑要死机了。

萧祈安放了心，从包里拿出一沓文稿：“我做了点儿功课，关于这个故事，我有不少问题要和你聊一聊。我稍微整理了一下，稍等。”

这次罗帛带萧琪来，就是为了讨论剧本的框架。

看着萧祈安的动作，萧琪有些诧异：“你怎么都不带个助理什么的？”

萧祈安摆摆手："有些事我喜欢自己干。我先和你聊聊这个故事，你是怎么想到这个故事的？"

"怎么想的——"萧琪拖长了声音，等着南萧回答，南萧却没说话。她只能说："这有什么'怎么想到的'，突然就有灵感了。"

南萧并不是没听到。从昨天和萧祈安约了见面后，他就在纠结是否要将这个故事的内容告诉萧琪。萧琪在场的情况下，他害怕萧祈安问到非常深刻的问题。

《麒麟有琪》是南萧根据自己身上发生的事画的。

原本他只是想把这些神奇的事记录下来，哪儿知道后来被罗帛的公司相中，签了约。其实萧琪仔细想想就能通过它的名字发现他想隐藏的秘密。

不过，萧琪好像已经忘了他其实叫萧麒……

他为了让故事更加充满幻想的色彩，将自己的形象设定成了一只麒麟。

这只名为肃草的麒麟，在天界犯了错，被打落凡间，化身为凡人。他只有实现一个临终人的心愿，才能重回天界，而那个临终人的心愿是照顾一名叫晨颜的女子一年。肃草从一开始心怀不忿，到与晨颜产生种种纠葛，慢慢地忘了天界，似乎深深地爱上了这个女子。

南萧害怕萧琪发现随着故事的发展，蕴含在作品中的情感变化。

"罗帛，你能给我说说是个什么样的故事吗？"萧琪见南萧没什么反应，不能干耗着，就把主意打到了编辑身上。

罗帛一脸疑惑。

"我想先听听你对故事的看法，你可以把你印象特别深刻的点挑出来先说说。"萧琪笑嘻嘻地看着罗帛，在心里不停地催

着南萧。

罗帛简单地阐述了故事脉络："昨天老师提交的最后一话，太感人了。"

萧祈安听到罗帛的话，眼睛一亮："昨天有结局了？结局是怎样的？"

南萧知道这件事躲是躲不过去了，装傻就是在给萧琪找不痛快："是开放式的结局，肃草回了天界，但年老的晨颜却在海边看到麒麟载着少女，奔向天边。"

萧琪一边复述着南萧的话，一边给自己倒了杯饮料。说话间，服务员已经将点好的菜悉数端上了桌，但三个人都没有心思吃这满桌的饭菜。

萧祈安若有所思地点了点头："我们先聊聊故事的内核，再聊聊人物。两个主角，其中一个是麒麟，在后期变成了人。这些都要好好地聊聊……"

"萧导是哪一种导演？"罗帛在一边好奇地问道，"我听主编说，导演拍摄改编作品时，有的完全忠于原作，体现原作作者所想表述的故事内核，还有的是读透了原作，将自己对原作的理解作为故事的内核拍出来。后者拍出来的作品，与原作要表达的东西有时候会相差很远。"

虽然罗帛的公司不会掺和剧作的拍摄，但罗帛作为原作的责编，对这部作品的改编也很上心，言语中已经带了偏向性，她希望改编能尽量贴合原著。

萧祈安怎么可能听不出来，虽然他并不需要解释什么，但还是和善地回答："这是两种作品的创作方式，并没有孰高孰低之分。有贴合原著拍出来的作品是烂片的，也有抛开部分原著，但拍出来很惊艳的作品。对于导演来说，其实都是一样的，最后的成品合乎自己的预期，那就是成功的。我会根据不同的原著去选择，就这部作品来看，我会尽量保留原著的内容，你就放心吧。”

罗帛傻兮兮地笑了。

萧祈安又看向萧琪，萧琪的神色已经变得和之前不太一样了。就在刚才的一瞬间，南萧拿到了身体的主控权：“我说不出什么故事内核之类的东西，一开始只不过是有了一个小小的念头，我随手就画了出来。”

“一开始的念头是什么呢？”萧祈安问道。

他总不能说他想“画”日记吧？南萧想了想，编了一个理由：“以前经常做一个梦，梦里有一只麒麟神兽，一直在我的身边。”

“你骗鬼呢？”萧琪对南萧说，“这是什么‘中二’少女的梦啊？”

萧祈安很认真地看着南萧：“晨颜其实就是代入的你自己？”

“是……是吧。”

晨颜的原型自然是萧琪。

听萧祈安这么一说，萧琪突然明白这个故事讲的是什么了。

“你的这个故事讲的就是我们吧？”萧琪问南萧。

“一开始确实借用了我和你的设定，但创作嘛，总会有改动。艺术来源于生活，但高于生活。”南萧立刻掩饰道。

“那么晨颜是我，麒麟是你。”萧琪十分确定地说道，“麒麟有琪，你怎么取的名字啊？最后麒麟爱上了晨颜，你总不至于爱上我吧？”萧琪没有多想，打趣道。

“我怎么可能喜欢上你啊？我们相爱那就是纯正的柏拉图式爱情了。”说完，南萧就恨不得给自己一个耳光，怪自己多嘴说了最后一句。

还好萧琪只当南萧在说笑，浅笑了两声。

萧祈安笑着说："难怪我看了这个故事以后，觉得能演晨颜的演员就是你。你这是根据自己创作出来的形象，肯定适合你来演啊。"

南萧只能赔上一个尴尬的笑容，点头道："试镜的时候，我会努力。"

"那我们聊聊人物吧，你怎么描述晨颜这个角色——类似做角色的人物小传。"萧祈安用笔在文稿上涂改了一番。

现在自己说出来的话很容易被萧琪认为是在评价她吧？南萧想了想，说："她应该出生在一个非常好的家庭，从小不愁吃穿。但因为父母工作忙，她经常被丢在家里，所以有些孤独。"

萧琪一下子听出了南萧是在胡诌。

萧祈安也很疑惑："我看你的故事里，感觉她不应该有这样的家庭背景。她并不孤独，但缺别人的关爱，渴望且需要重要的人的肯定。更像是她从小就在争取关注，非常努力地在生活。"

南萧知道萧祈安说得没错，点头："应该是这样的，作者和演员两个身份放一起，我的脑子有点儿转不过来了。"

接下来南萧尽量少说话，引导着萧祈安去分析。

南萧本以为能够蒙混过关，萧祈安却问了一个让他难以逃避的问题："肃草是什么时候爱上晨颜的？"

南萧的心里咯噔一下，是啊，他什么时候爱上她的？

"我把握不准他爱上晨颜的时间点。"萧祈安补充道。因为南萧迟迟没有开口，萧祈安努力将自己的疑问说得更清楚："就没有那种黄昏下的惊鸿一瞥，或者某个触及双方内心深处的时刻？现在这段感情显得太过自然，就像一直存在一样，缺乏戏剧张力。"

他的话让南萧很在意："萧导，你觉得什么样的感情才是最真实的？是命中注定的一见钟情，还是日久生情？故事里的这段感情没有你想要的那种感人至深的情节，我却觉得它非常真实。肃草接受了许愿人的愿望，来到晨颜身边的时候，他对晨颜的情感就已经在心里埋下了种子，等到他骤然发现时，已经难以割舍。我想表达的是这样的一种情感。"南萧顿了顿，喝了一口水，"我没法给这段感情找到一个节点……他日复一日地注视着如此美好的晨颜，爱上了，就是自然而然的事。"

萧祈安没有说话，机械地吃着菜，神情专注，似乎在消化着南萧的话。

"所以你爱上我了吗？"萧琪语气轻松地问他，像是在开玩笑。

南萧心中苦涩，语气却很自然："我都说了，故事里的爱是有许愿人的感情做铺垫的……"

萧琪并未听出南萧话中的沉重："哈哈，谁知道呢，说不定我也有个我不知道的许愿人呢？"

"放心，除了我以外，你这儿没有其他的许愿人。再说了，我都看惯你的样子了，照镜子就像在看自己，哪儿有自己爱上自己的？"

萧琪不满地哼了一声。

萧祈安露出一脸的兴奋："这个作品要拍成什么风格，我已经有大概的想法了。它会非常'治愈'、温暖、平淡，却能打动人心。"

南萧想象不出来平淡又能打动人心的作品是什么样的，只能愣愣地点着头。

解决了萧祈安的主要问题后，后面的进展非常快。临走前，

萧祈安问了南萧一个问题："为什么笔名用夜雨人？"

"没什么特别的意思，你觉得它奇怪吗？"

"它让我想到了汤姆·克鲁斯演的电影《雨人》。"

南萧笑着否认道："没有那么深的含义。萧导，你这是过度解读了。"

道别之后，南萧犹豫着要不要送罗帛去车站，吓得罗帛又是摇头又是摆手。

"怎么能麻烦老师亲自送我去车站呢？我自己去就可以了。这次真的有太多让我吃惊的事了，我要好好消化，下次我一定要找老师签名！"罗帛一边说，一边鞠躬。

萧琪在脑海中笑道："你的编辑这么可爱，还挺适合你的。你不是一直都喜欢这种可爱的妹子吗？"

南萧没回答萧琪，帮罗帛叫了车。

下午没有安排，萧琪想到很久没有去公司了，就和南萧说了。南萧刚打算去公司，一转头，就看到了游典方停在路边的车在打着双闪。游典方招手，催他赶紧上车。

"你怎么知道我在这儿？"上车后，南萧问游典方。

游典方轻轻地弹了弹方向盘，得意地说："我怎么可能找不到你们？"

"平时都不见你有什么特别的作用。"萧琪打击游典方。

游典方不服气地说道："真到我派上用场的时候，就怕你宁可我没用！"

"这么丧气的话，你是怎么说得如此理直气壮的？"南萧说，"你怎么突然跑过来找我了？"

"苏语仑找你，我就开车来接你了。"

怀着疑问，南萧随游典方到了苏氏影业。

来到苏语仑的候客室，程凉生正坐在候客室里。南萧大大方方地坐到了程凉生的对面。

“苏总要找你我聊聊。”程凉生不动声色地说道。

“为什么你在这儿？你不是不负责我了吗？”南萧说。

“黎叔的戏，可惜了。”程凉生不回答南萧的问题，自顾自地安慰他。

“没什么可惜不可惜的，说起来，你之前不是还希望我上不了黎叔的戏吗？”南萧并不领情，他就是看程凉生不顺眼。

萧琪心中微动，之前程凉生好歹也去求了强黎：“你别这么说话。”

“你不会还对他有感觉吧？我觉得柳哲都比他强。”

“你在说什么胡话，我不是会走回头路的人。过去的就是过去了，平时又没有什么交集，何必一见面就这么咄咄逼人？你现在就是我，这不是我想表现出来的态度。”萧琪语气不善，再说了，在她看来，柳哲也不是什么良人。

南萧知道萧琪说得在理，但他心里很不是滋味，就避开了程凉生的视线。

程凉生识趣地没有辩驳，专心地看着手机屏幕。

“苏总让你们俩进去。”苏语仑的助理来到候客室，将两人从尴尬的气氛中解救出来。

他们一进苏语仑的办公室，苏语仑就将一份企划放在了桌子上。

“凉生，叶潇这个人，你怎么看？”

程凉生咬牙切齿地说：“这人太过精明，跟他合作的话，要

留个心眼，不然很容易被他利用。”

苏语仑指了指桌上的企划：“你看看。”

程凉生拿起来翻了几页，神色有些古怪，伸手丢给了南萧。

这是一份来自叶潇的合作企划，涉及一个广告 MV（音乐短片）的拍摄。南萧没觉得哪里奇怪，萧琪却知道这份企划怪在哪儿。

这个广告，接触艺人方的不是广告公司的甲方，而是来自另一家演艺公司的经纪人，企划也没有交给苏式影业的艺人部，而是直接提交给了苏语仑。

“这是一个大合同，广告主是世界驰名的珠宝品牌，主推的是他们新推出的一款面向年轻群体的婚戒。柳哲指定要你参演，才肯接这个广告。他所在的经纪公司不大，抗拒不了这么大油水的单子，便由叶潇出面找我提交了这份企划。”苏语仑解释道。

南萧和程凉生异口同声地说：“不接！”

苏语仑皱着眉头看着颇有默契的两人：“不接？为什么？”

南萧没说话，而是把目光投向程凉生，毕竟他只是因为听到“婚戒”就提出了反对意见，没什么站得住脚的理由。

程凉生说：“企划背后的这个品牌，说得难听点儿，就萧琪现在在圈内的地位来说，她够不到。她贸然接这个等级的品牌广告，很容易对萧琪的发展产生不良影响。”

南萧点头附和：“我也这么觉得！”

程凉生继续说：“我已经说了，叶潇是个极为精明的经纪人，单子本身能带来的好处也大得让人奇怪。太多太过优厚的条件放在一起，我们如果不能理清头绪，还是不要接的好，不然很容易着了对方的道。”

南萧继续附和：“嗯，我也这么觉得。”

“而柳哲之前就和萧琪闹过绯闻，这次又特意指名让萧琪来和他一起拍摄与婚戒有关的广告，怎么想都不正常。两人目前的粉丝影响力还不在一个等级，会给萧琪招来很多非议，影响萧琪的形象。”

“我也这么觉得……”南萧有点儿没底气。

“你只会这一句话吗？”萧琪说。

苏语仑笑了笑：“你说的这些，我早就想到了。这次叫你们来的目的就两个——一是告诉你们这件事，然后凉生把企划拿回去给叶潇，拒绝这件事；还有一个……没凉生的事了，你先去忙吧。”

程凉生离开后，屋子里就剩下了两个人。

南萧越过宽大的办公桌，看着桌后的苏语仑，等着他开口。

“你和程凉生没事了？”

“什么叫没事了？”南萧颇为意外地问。

“还会影响工作吗？”

“会影响吗？”南萧在脑海中和萧琪确认道，虽然他很想拍着胸膛说不会。

“你告诉他不会，问他为什么这么问？”

南萧复述了萧琪的话。

“我之前就说过，你待在公司就有你的价值，具体是什么价值需要你自己展示。我前几天和强黎通了电话，他对你的评价颇高，乐意与你有进一步的合作。萧祈安导演也与公司签订了合同，准备执导一部新电影，他同样提出让你参演。现在的经纪人对你之后的发展来说，太嫩了。凉生熟悉你，也是公司资历最老的经纪人，负责你对你来说是好事。”苏语仑说。

萧琪确实佩服这个老板，凡事都以利益为先。

平时她总说张悠游是个没脸没皮的无赖，但与苏语仑比起来，有人情味得多。

“之前一定要签我回公司，就是因为萧祈安是我舅舅吗？”南萧问道，他知道这是萧琪的疑问。

苏语仑也不掩饰，点了点头：“对，就是因为这层关系。萧祈安是受好莱坞熏陶多年的导演，我看过他执导的一些作品，很优秀，他是位难得的好导演。”

“我就是绑住萧祈安的筹码？”

“其实还有一点，虽然近几年你沉寂了，但你有底子，把你留在公司，保本还是能做到的。”

南萧长叹了一口气：“苏总，有人说过你没人情味吗？”

告别苏语仑，南萧一出来就在门口碰到了等在那里的程凉生。

“我突然收到了继续负责你经纪事务的调动任命。”程凉生面无表情地说。

“这么大的事，苏总没有事先和你说吗？”南萧笑嘻嘻地说，话里带刺儿。

程凉生完全不当回事，示意南萧跟着他到窗边去，说：“我要结婚了。”

南萧诧异地看着程凉生，之前隐隐的敌意，一下子消散了：“恭喜！”

“一个相亲认识的女孩子。认识不到三个月，婚礼定在明年初。”程凉生又说。

“闪婚啊，速度真快……”

“我不爱她。”程凉生淡淡地说，仿佛在说不喜欢一道菜或一本书，“你别在意，我也不爱你。我选择她是因为她需要我，所以，我们之间没问题了吧。”

说完，程凉生朝南萧伸出手。

南萧知道这个握手的意义，犹豫了一下，没有询问萧琪的意思，擅自伸手与程凉生握了手。

“工作加油，合作愉快。”程凉生笑着说。

“合作愉快。”

萧琪一直没有说话，和南萧一样，她也明白，握手意味着她要将这段感情彻底放下，将心擦得锃亮，打上蜜蜡，让别人再也看不出上面有过划痕。

回去时，依然是游典方开车，南萧坐在副驾驶座上，试着和萧琪交流，却没有得到回应。现在是傍晚，远没到萧琪休息的时候。

游典方握着方向盘，说：“别叫了，我让她休息了。”

游典方的语气难得认真。

南萧转过头看着游典方，这才依稀记起来，游典方有让他和萧琪中的一个人失去意识的能力。南萧想到上次面试后，他们也碰到了游典方。

南萧将目光转向车窗外：“时间快到了吗？”

“快到了。”游典方回答道。

“是吗？说真的，我觉得你真的很适合生活在这个世界，完全看不出你不属于这里。”南萧感慨。晚高峰的车流将道路堵得严严实实，他们的车正一寸一寸地挪动。

“我本来就不属于这里。你以为我喜欢待在这儿？为了每天下班回家后的一杯啤酒，还是为了要等上三分钟才能吃的廉价泡面？或者是脸上带着笑容，却从不把你放在心里的女人、朋友？”游典方颇为不屑地说。

南萧依然看着车窗外，窗外的景色已经完全静止，高架桥终于堵成了停车场，他有股说不出的疲累感。今天一天，他已经说够了，也听够了各种各样的坦白。

不久后，萧祈安的试镜通告来了。通告不是通过经纪人给萧琪的，萧祈安和萧晴芸一起去了萧琪家。

萧晴芸和萧祈安站在别墅门口，按着门铃。萧祈安第一次来这儿，眯着眼睛观察周围，最后他的视线落在一株枝繁叶茂的桃树上。

萧晴芸介绍着萧琪的别墅，骄傲地说道："这别墅价格可不便宜，萧琪凭她自己的能力是买不起的，据说是她的影迷送的，出手可真阔绰。"

萧祈安点了点头："当时买的时候确实不便宜。"

萧晴芸猛地看向萧祈安："你的意思是——"

"买了快十年了，帮齐志尽点儿父女之情。我在那边虽然没什么名，但利还是得了不少的。"萧祈安把食指放在唇边，提醒她，"别告诉萧琪，我怕她和我急。本来想见了面，骗她说是齐志买的，但我看了她的态度，就把这个想法咽了回去。"

"嗯。"萧晴芸的神色黯淡了几分，"也不怪她，我和阿志在为人父母方面，实在不行。这孩子说得没错，她没道理只因为一个身份，就背上沉重的情感和责任。阿志的罪，我一起帮他偿还，毕竟是我们任性地把她带到这个世界上，却没负起责任。"

萧祈安沉吟片刻，然后说："阿姐，也让我……"

萧晴芸打断了萧祈安的话："就让我一个人来吧，你已经做得够好了，我很感谢你。还有，我还是了解萧琪的，她在性格上，有很多地方随我——不肯认输、不肯妥协，也不愿意被别人误会走后门，总想赢得光明磊落。有时候，她太倔，你导的那部戏，不论是试镜还是拍摄，别因为她是你的外甥女就优待她，那样只会让她受到伤害。”

萧祈安听后，忍不住笑了：“阿姐，你没怎么看过她演的作品吧？她有实力，就是稍欠雕琢。前几天苏语仑给我引见了导演强黎，我在强黎那儿看到了萧琪最新的试镜。她只是吃亏在角色设定上，演技比之前我的那次试镜又提升了不少。不用我放水，她已经足够好了。”

门打开了，门后是还揉着眼睛，刚刚醒来的萧琪。

萧晴芸也不等萧琪开口，又提着两袋东西，直奔萧琪家的厨房。在做母亲方面，她还是新手，塞满女儿的冰箱是现在她能想到的表达感情的方式。

萧祈安拉着萧琪定试镜的时间，并将第一版剧本放在她的手中。

对此，萧琪非常不适应，尤其是萧祈安在见面时，还给她来了一个美式拥抱。

当萧琪问他是否在给她开后门时，萧祈安立刻板起脸，认真地说：“我是一个导演，你是一个演员。不要轻视身份带来的责任，怀疑自己是否合适这个角色，否则就是对你、对我的职业身份的不信任。我不会背弃对自己职业身份的信念，我相信你也一样。”

萧琪彻底放下心来。

第十章
爱意

今晚的月色很美。月中十五，满月挂在半空，月光清透，照亮了整个露台。

露台上，南萧看着手边的一瓶啤酒出神。这是他最喜欢的啤酒，深色的瓶身泛出浅色的流光，银色的标签上是黑色的“Asahi”（朝日啤酒）字样。它的下面有一个大大的“生”字，这只是说明瓶里的啤酒是生啤酒，但在南萧的眼中，却说不出的刺眼。

午夜十二点，萧琪的意识早就去休息了，现在是属于他的时间。

今天白天，应该说昨天白天，萧琪去苏氏影业，完成了《麒麟有琪》的试镜，在苏语仑和萧祈安面前，毫无争议地拿到了晨颜这个角色——一个以她为原型创作出来的角色。作为原漫画作者的南萧，也想不出来有谁比她更适合这个角色。

游典方已经从苏式影业离职，这件事并没人通知萧琪，或者说游典方用某种手段改变了什么东西——知道并记得这件事的人，只剩下南萧了。

南萧摇摇晃晃地从旁边的小冰柜中，又取出一瓶啤酒。

露台的推拉门缓缓地打开了，游典方愁容满面地上了露台，看到南萧，从他的手中接过啤酒，到旁边坐下，正准备喝，对上南萧狐疑的眼神，轻声道："我来陪陪你。"

南萧只得再取出一瓶，和游典方碰了碰瓶子："大半夜不睡觉，陪我喝酒来了？"

"就想来陪陪你。"游典方把脚放到摆凳上，对着酒瓶子喝了一口，立刻皱起眉头，"什么味儿啊？"

"还我。"

"我不。"

南萧躺到躺椅上，一边喝酒一边看着月亮出神。看着看着，他突然问游典方："你到底是什么人？你不是和我说时间快到了吗？我的意识终于要离开这具身体了。有些事你是不是可以和我说了？"

游典方将啤酒放在桌上，视线扫了扫地面，继而看向天空："我不是什么'天使'，我来自未来。"

南萧被啤酒呛到，剧烈地咳嗽起来。

"我专攻生物学和脑科学，在研究人脑意识。我找到了一种方法，能让人的意识回溯到自己的记忆深层。曾经的你在临终前，自愿参与了我的实验。"

"记忆深层？也就是说这一切都不是真的？"南萧好不容易缓过来，又开始咳，"这一切只是一个梦？"

游典方笑了笑："不，这一切都是真实的。你可以简单地理解为，我将你送到了过去的平行时空。我打个比方吧，人生就像一段一直在播放的视频，画面和声音构成人们所处的空间，进度条就是在不断前行的时间，记忆就是打在进度条上的标记。

“我的实验能拖动进度条，将实验者的意识送到他的某个记忆标记点上，这点之后的故事走向就可以由实验者自己决定了。但视频里的角色是无法自己往前拖动进度条的，对他们来说，让人回到过去就像是神才有的能力。”

“所以你才自称‘天使’？”

“算是吧。其实实验还在完善中，不可避免地会出现很多意外情况和漏洞，所以我跟着你的意识回到了那个节点，一方面是为了确保实验的安全，及时修补漏洞；另一方面是因为我好奇你对萧琪的感情。我一直研究人的意识，却始终无法完全理解人的这种感情。”

南萧装模作样地点了点头，脑子里却还是一摊糨糊：“不对，那为什么你过来就有身体？而我会和萧琪共宿在一个身体中？”

“就和视频备份一样，我单独备份了一条时间线，我的存在不会受到任何影响。”游典方摊开手，“第二个问题——那是你自己的要求。”

南萧一脸惊讶地问：“为什么我完全没印象？”

“包括现在的你叫萧麒也是你自己的要求。你想近距离地守护萧琪，又怕以原来的身份出现，她依旧会选择你，走上和原来一样的路，所以你决定用这种方式陪伴她。你和她开过的那家店，叫‘麒麟有琪’。你给自己取这个名字，是为了让自己牢记初衷——你是为了一个叫‘萧琪’的人而来的。

“当然，很多事不是你想记住或忘记就能办到的。在这个时间点的你并没有看过之后的‘视频’，自然就不会有原来的记忆。

还记得我给你的笔记本吗？那是你原本的人生故事的大部分。”

“怎么听起来，一点儿都不严谨。我感觉你在胡诌。”

“本来就不严谨，我说过，漏洞是避免不了的，信不信由你。”游典方一副死猪不怕开水烫的表情。

“我还有多少时间？”南萧突然叹了一口气，问道。

“二十四个小时。”

萧琪醒过来的时候，她在一辆车上。车窗外漆黑一片，一瞬间，她以为自己还在做梦，看了看时间，二十点十五分。

她一觉睡了近二十二个小时！

“南萧，你出来！你这是去了哪儿？”萧琪在脑海中问南萧，却一直没有人回应她。

萧琪拿出手机，看今天的聊天记录，想在其中找出答案，然而却是徒劳。她有些懊恼地把自己埋进车的后座里，努力回忆着昨天南萧是否和她提过今天的行程。南萧像这样擅自行动的情况还真不多，她问司机，被告知他们是从医院回来的，目的地是她家。

她正在回家的路上。

她翻开手机备忘录，里面有一条昨晚新建的备忘信息：

萧琪，我是南萧、萧麒，其实我的本名叫萧文。

抱歉，我一直没告诉你，我来到你身边是有目的的。现在目的已经达到了，按照约定，我也要离开了。

感谢你在这一年多的时间里，让我感受了完全不一样的人生，见了许多不曾见过的风景。

有很多事，我还很在意：沈恩飞会不会出名？你的新剧、那部属于我们的作品，拍出来以后会怎样？

你以后会不会遇到一个人，让你心动？你会不会偶尔想起我……

我很想自我满足地做出所谓高尚的牺牲，将感情也不声不响地带走，带到未知的地方。可恶的游典方，他都没告诉我，离开你以后，我会去哪里。但今晚的月光太亮，能将人心中的秘密照得无所遁形。我害怕了——如果我悄悄地将它带走，是不是永远都不会有人知道它存在过。

我爱你。

我终究是自私的，连拥抱你都做不到，却在一切即将结束的这一刻，告诉你，我爱你。我甚至说不出爱上你的理由。

希望我还来得及看到你读这封信时的反应。我走了，你会难过吗，还是只有解脱后的轻松？

总之，抱歉。

萧琪不知道现在自己是什么心情，看完了留言，她只感到心缺了一块。面对南萧的突然表白，她不知道该做出怎样的回应。

她一直保持着捧着手机的姿势，一直等到屏幕自动暗了。漆黑的屏幕上，映出一张苍白的脸。这是她的脸，也是她印象中南萧的脸……是啊，她甚至都不知道南萧原本的长相。再次按亮手机屏幕，看着最后的那几句话，萧琪轻声问道："南萧，你还在吧？"

车外传来了闷雷声，继而雨水将整辆车包裹。

"在。"

"为什么留这封信？"

"可能我害怕带着遗憾离开吧。但想想这种做法真是懦弱又自私，我没有直接跟你说的勇气，也不能对自己的话负责。”

萧琪抱住自己，蜷缩在座位上：“可是……我不知道。”

她早已习惯了南萧的陪伴，但却说不清这种习惯是不是喜欢。

“没关系。萧琪，你要照顾好自己，走好你想走的路。”

萧琪站在公园的广场旁。

广场舞的音乐依然此起彼伏，但萧琪听到后，反倒有种喧哗过后的空虚。而那个从广场舞方阵中冲出来，唤着南萧的小名，奔向自己的阿姨也不在了。

今早她醒来的时候，一切都维持着她入睡前的模样，没有多出来的零食袋，没有闪烁着的电脑待机灯，随手丢在地上的外衣依然孤零零地躺在那儿。

南萧的意识真的离开了，谁都不知道去了哪里。

萧琪凭着记忆，穿过广场，进入小区，敲响了南萧父母家的门。等了很久都没有人回应，她将耳朵贴近门板，屋里安静得可怕。

琢磨着是不是没有人在家，萧琪刚转身要走，就看到神色憔悴的萧母走了过来。与之前记忆中的母亲不同，那个容光满面的中年女人，如今两眼深凹、发丝凌乱，一脸疲惫。

萧母看到萧琪，问：“你找谁？”

原来，随着南萧意识的抽离，这个世界回归了正轨。

“阿姨，你好。我是萧……萧文的朋友。”萧琪努力地保持着微笑。

萧母眼中泛出泪花，转头瞥向别处：“这样啊，我倒从没听我儿子说过认识你这样的女孩子。你找他有什么事吗？”

“我想见他。”

她想，南萧的意识是不是已经回到了他自己的身体中？他们是不是还有可能以另外的方式见面——站在彼此的对面，互相凝望，用目光描摹彼此的眉眼，再平静地说一声“终于见到你了”……

“虽然不知道你和他是什么关系……唉，我带你去看他。”萧母转身。

“叔叔呢？”萧琪跟上萧母，试探着问道。

“醉死了吧。最近他晚上喝得越来越多了。”萧母头也不回地往前走，似乎不想和萧琪说太多。

萧母带着萧琪进了市医院的住院部。萧琪这才发现，南萧的家和萧晴芸所在的医院只有步行二十分钟的路程。

到了十九层，萧母打开了走廊尽头的病房门。特别加护病房的病床上，躺着一个年轻的男人，身材瘦削，却面色红润。

这就是南萧？

“儿子，有人来看你了。你能听见吧？”萧母靠着床边，轻声地一遍一遍地重复道。

“阿姨，他怎么了？”其实萧琪已经明白了，南萧的身体里没有他的意识。

萧母已经调整好了情绪：“去年他出了场严重的车祸，就一直昏迷不醒。医生说他成了植物人。”

“阿姨，如果经济上或者其他方面有什么困难的话，我可以帮忙。”

萧母立刻探身问道：“姑娘，你认识一个姓陈的人吗？好像叫陈康。”

萧琪的身边并没有叫陈康的人。她摇了摇头："这人怎么了？我不认识。"

"他一直帮我们支付医药费、住院费，但从来没出现过，我们也联系不到这个救命恩人。唉，我出去，你陪他聊聊天吧，看会不会有什么起色。谢谢你，真的谢谢你。"

萧母小心翼翼地关上了病房的门。

萧琪拉了一个凳子坐到病床旁，凝视着南萧的脸："这个时候该不该说初次见面呢？原来你是这个模样。"

南萧眉毛浓密修长，眼尾微微翘起，鼻梁挺直，嘴角带着若有若无的安详笑意，这跟他自己所说的"平凡的宅男"一点儿都不像。

"你很帅。"萧琪看着他的脸，想象着如果这样的他说出南萧说过的那些话，会是怎样的表情。

萧琪苦笑了一下。她曾经以为对程凉生的依赖就是爱，但现在仅仅在床边坐了五分钟，就发现爱也许并不是那样的。

美好的回忆散开，如被揉碎的蜜糖，粘在指尖，散发着诱人的甜香，让人忍不住浅尝。裹在糖衣之下的却是苦涩，也许这里面还放了不少酸梅子，只把人弄得鼻子发酸，眼里蓄满水汽。

萧琪捂着嘴，肩膀微微颤抖。昨天的那场雨，到了这一刻，终于在她的心里倾泻而下，抑制不住的哀伤在爱的背后喷涌。

她任由泪水滑落，打湿手背，滴上裙角，留下斑驳的痕迹，如同刻在心尖上的印记。

之前的感情来得太早，这段感情来得太晚，她似乎总在摇摆，总在失去。

现实不是萧琪演过的青春偶像剧，即便听她倾诉了再多，萧

文依然合着双眼，在她面前沉睡。

萧琪站起身，出门与萧母道别，愣愣地踱步到了医院门口。

“萧琪！”来人是左手绑着绷带的沈恩飞和他的经纪人楚瑰。

“你们……”萧琪惊讶地看着沈恩飞，目光停留在他绑着绷带的左手上，“这是怎么回事？”

楚瑰跳起来拍了沈恩飞的脑袋一下：“萧琪姐，你帮我骂骂他，没见过这么蠢的人！明明有武替不肯用，一定要自己上，结果动作没把握好，伤了手。我都不知道怎么和导演交代了。”

“这有什么，这才多大的伤啊，我直接再上不就好了。”沈恩飞满不在乎地说。

二人吵吵闹闹。

过了好一会儿，萧琪终于开口劝道：“和身体有关的，就不要勉强，不然会影响自己的演艺生涯。”

沈恩飞突然静下来：“你哭了？”

“没有。”萧琪立刻否认。

楚瑰也贴了过来，仔细地看着萧琪微红的双眼：“萧琪姐，你没事吧？”

“我眼睛不舒服才来看医生啊！”

沈恩飞一脸严肃，眼神真挚地看着萧琪：“要是有人欺负你，和我说，我帮你报仇。”

“你这话说得太幼稚了，好好做你的演员吧。”萧琪伸手拍了拍沈恩飞的肩膀，打算和他们道别，她还要去别的地方。

沈恩飞说：“这怎么就幼稚了？对了，我刚看到你表哥了，在那边抓娃娃，那才是幼稚！”

"我表哥？"

"就那个叫啥的来着？我一下子有点儿记不起来，就记得他是你表哥。我和他以前是不是见过？"

萧琪抓住沈恩飞的胳膊："在哪儿？他在哪儿？"

沈恩飞见过的她的"表哥"，只可能是游典方！

"游典方！"萧琪冲进旁边商业区一家抓娃娃的店里，一把拉住了正开开心心地抓娃娃的游典方。抓娃娃机的爪子中正抓着一只毛绒小熊，升到顶端的时候动了一下，小熊落回了柜子里。

游典方挣脱萧琪的手，拍着抓娃娃机的玻璃："啊，我的最后一枚硬币！"

"你给我过来！"萧琪把游典方从抓娃娃机旁拖走。

游典方靠着墙，似乎还沉浸在刚刚抓娃娃失败的心情中，无精打采地和萧琪打招呼："好久不见啊。"

"我问你，南萧的意识去哪儿了？"萧琪不由得大声问，引来周围人的注目。

游典方拉着萧琪的手，从侧门出了抓娃娃店："不要那么激动。他的意识离开了你的身体，可喜可贺呀，你不是一直希望能解脱吗？"

在看到游典方的那一刻，她仿佛在迷雾中找到了一束光。一切由这个人开始，那么也该由这个人来告诉她结局。

萧琪控制着情绪，问："告诉我，南萧的意识去了哪里？"

游典方干脆地回答道："当他完成了需要做的事情之后，就离开了。"

"需要做的事情到底是什么？"萧琪问。

在南萧的留言中，也说过他有目的。她想了很久，都不明白那是什么。

这时，游典方已经带着萧琪来到了地下车库，拉开了一辆红色跑车的车门："我带你去个地方，然后告诉你一些你想知道的事。这样，我的任务也就只剩下一项了。这车是我租来的，享受一天，快上快上。"

游典方把车开得很快，萧琪的掌心都渗出了细汗，她闭上了眼睛："你这么开车，会被吊销驾照的。"

"今天之后，驾照也没什么用了……但我绝对没超速。"

萧琪觉得整个人都轻轻地飞了起来。他们穿过悠长的隧道，奔向了唯一的"答案"。

当她再次睁开眼睛时，车已经停在了海滩边的公路上。游典方在车外理着头发，看着潮汐出神。

这片沙滩上，没有一个游客的身影，只有苍白的海水和细细的白沙，在夕阳下闪闪发亮。

萧琪下车，自然而然地跟着游典方脱了鞋袜，赤裸着双脚踩上了沙滩。她轻轻地踏步，脚底密密麻麻的沙粒，在海风下，飘散在空中，再落回海滩上，消失无踪。

"太阳马上要落了，晚上这里会很冷。不过，现在这个季节，也不会太冷。"游典方煞有介事地说着，却一脚踩到石头上，惨叫一声，捂着脚倒了下去。

"你还真是帅不过三秒。"萧琪一点儿都不想心疼他。

她梳理了一下头发，在游典方旁边坐下，手心揉搓着细沙。这片沙滩，让她有种说不出来的熟悉感。

"为什么带我来这儿？"

游典方捂着脚："这里是我和大爷相遇的地方。一个请我吃海鲜的大爷。烤鱿鱼的味道，我现在还记得。他是一个海滩小店的老板，他的店就开在那边。这片沙滩将来会是旅游景点，来这儿的游客很多。

“大爷和他的老婆在这里经营着小店。晚餐的时候，他就站在店内的烤架旁，摇着一把大大的蒲扇，烤着一把又一把的美食。老板娘就在店门口摆出一张张方桌，招待着一个个游客。过了吃饭的时间，人少了，大爷就会喝着啤酒，陪着还在海边的客人聊天。每次聊天的话题，到最后都会转到老板娘的身上，他说自己的老婆年轻的时候有多漂亮，然后再偷偷地看看在店内打扫卫生的老板娘……”

游典方讲的这个故事很长，萧琪耐着性子听着。她急于知道答案，但也好奇游典方为什么对她说这些。

“萧琪，你说你们常说的爱情到底是什么？我一直想不明白。比如，我看到楚瑰会比看到其他女孩子开心，这就是爱吗？”游典方突然说起了自己。

“我不是你，怎么会知道你对楚瑰是不是爱。”萧琪没心思和游典方讨论他的感情。

游典方立刻挥手道：“我一直在研究人类的情绪构成和大脑意识之间的关系。如果爱中带着歉疚，是不是就不能算爱了。”

“我不那么觉得。歉疚也可以是组成爱情的一部分。”

“那沈恩飞对你呢？是爱吗？”游典方又问。

“不是，他虽然嘴上一直说着要追我，但从未付诸行动。我对他来说并不重要，重要的是他喜欢我这件事，这就像他给自己的一个目标、一个口号。所以，我不去拒绝，也不用理会。”萧琪回想着和沈恩飞之间发生的一幕幕。

“但他的目的不就是要你做他的女朋友吗？这和爱情所追求的结果一致，不是吗？那柳哲呢？”

“柳哲？算是吧……爱可能也不多。”

“南萧和你呢？”游典方又问道。

萧琪望着远处的落日，天色已经开始变得昏暗，唯独晚霞红得似火。

“所以我说爱情真的很有意思。歉疚可以是爱情的一部分，沈恩飞的那种感情可以是其中的一部分，柳哲对你的憧憬也可以是其中的一部分，而南萧的陪伴也是组成爱情的一部分。我看楚瑰就觉得开心，也可以算其中的一部分。”

“你到底想说什么？”萧琪问道。

“因为这一切的起点就是爱情啊。我刚刚说的那家海边的烧烤小店，名字就是‘麒麟有琪’——一个和海边、烧烤，完全没有关系的名字，但大爷总会在游客面前不厌其烦地介绍这个他觉得最好听的名字，因为名字里有他美丽的老婆。”

萧琪的心微微发颤：“那大爷是——”

“是南萧，也就是萧文。老板娘就是你。”游典方拍了拍手，“不过这些对于现在的你来说，算是发生在另一个时空的事。在那个世界，你和他——有着相同姓氏却有着不同的生活轨迹，却不期而遇，携手走完了一生——在这片小小的沙滩上。”

名为肃草的麒麟，在天界犯了错，来到人间。他必须实现一个临终人的心愿，才能重回天界。而这个临终人的心愿，便是照顾一个女子……萧琪想到了南萧的漫画：“那个临终的许愿人是？”

游典方竟然听懂了她在问什么：“是那个时空的萧文。”

“他许了什么愿？照顾我一年？”

游典方摇了摇头：“没那么简单，他希望你能一直坚持走演员这条路。”

“那个时空的我最后不做演员了吗？”

“嗯。你在遇到大爷之后，就退圈了，和你在这个时空遇上南萧的时间差不多。”

游典方拉起坐着的萧琪，一路小跑，跨过了海潮的边缘。潮水涌上来，没过了两人的脚背，冰凉的触感在脚背往上蔓延。

“为什么我会放弃？”

“一个简单的选择罢了。人的一生总会有各种各样的选择，每一个不同的选择就会延伸出一个不同的时空，就像水遇到阻碍后分流一样。”

“那个时空的我幸福吗？”萧琪轻踩着海水。

“什么叫幸福？平平淡淡，和一个人相濡以沫地度过一生是幸福吗？功成名就，荣华富贵地度过一生是幸福吗？”

“我不知道。幸福是那么简单就能概括的吗？”

“我也不知道，所以无法回答你。”

萧琪捂着心口说道：“我希望那个我是幸福的。我现在还有机会追求那种幸福吗？”

游典方有些意外，轻声问道：“你要再次放弃做演员的梦想吗？”

萧琪没有回答，反而问他：“南萧的意识怎样才能回来？”

游典方面露难色。

“你不是我认识的那个游典方吧？”萧琪突然说道，脸上带着自信的笑容。

她的笑容迎着日落时分的最后一缕阳光，慢慢地变得黯淡。

太阳完全沉了下去，沙滩上漆黑一片。游典方的表情就这么笼罩在黑暗里，晦暗不明。萧琪听到他长长地叹了一口气。黑暗中，游典方靠近萧琪，低声说了些什么。

尾声

找到你

两年后，《麒麟有琪》大获成功。女主演萧琪凭借这部作品，跻身一线演员行列。

又过了五年，萧琪凭借出演强黎的电影，斩获了从艺以来的第一个影后奖杯。

窗外的蝉鸣带着初夏的阳光，跟随着萧琪的脚步，进入这间她来过无数次的病房。她将手上的花束插入花瓶，在花瓶旁边，放上了影后的奖杯。

“你还是老样子。”萧琪拉开床边的凳子，跷着二郎腿坐在南萧的旁边，笑嘻嘻地说道，“我赢了，那个奖杯就放在你的床边，不知道你有没有兴趣看上一眼？

“最近，我一直在忙这部戏的事，没怎么来你这儿，不过反正你睡得香，也不会介意这些的。

“最近发生了好多事，好像大家约好的一样……星策传媒和苏氏影业合并了，张总成了苏氏影业的副总，我到现在都搞不清他和苏语仑之间到底是怎么回事。

“还有楚瑰和沈恩飞。楚瑰提出辞职之后，就向沈恩飞表白了，结果被沈恩飞拒绝了。你想知道理由吗？可不是因为我。他拒绝楚瑰的理由是楚瑰太矮了，如果在一起，他等于每天都要向楚瑰低头。这人一如既往是个奇葩。不过他在演员这条路上的发展还行，已经开始主演一些电视剧了。只不过戏路和他预想的不大一样，他居然在喜剧演员的路上走得不错！

“柳哲的演艺事业顺风顺水，人也成熟了不少……不过这跟我没多大关系。

“只有洛老头他老人家还是老样子。没结婚，整天接各种角色，他现在越来越不挑剧本了，什么都接。”

萧琪伸手轻轻地握住了南萧的手，微温的触感令她心神动荡。

“这两年我就一直在想，许愿的那个你和这里的你，到底算不算是同一个人？我在乎的又是哪个呢？你一定会说是你吧？

“游典方和我说，你的意识其实一直在我周围，只不过我感觉不到……也不知是真是假。有时候，我觉得自己很自私，仗着你喜欢我，就把你的意识绑在了身边。我也心存侥幸，想着说不定哪一天，你的意识就会回到这个身体里，用这双手给我一个从来没有过的拥抱。”

这时，响起了三下敲门声。

进来的是游典方，在那次海边的见面之后，他很久没有出现了。但对于他的突然到访，萧琪并不意外：“你来了。”

“嗯，我来完成最后一步。”游典方一脸轻松地进入病房，

看了看躺着的南萧，笑着说，“差不多到时间了。”

萧琪用手捂住了嘴。

“没必要难过，这是解脱。”游典方说道，“对你们两个都是。”

对，这是解脱。

萧琪明白游典方的意思，但解脱从来不是一个代表圆满的词汇。它意味着放手，也意味着逃离。

“这是你自己做的决定。你不是得了那个奖，达到了最后的条件吗？之前，我已经对你说过达到条件后的结果。而且这个世界的他伤得很重，原本也不可能醒过来。”

萧琪点了点头，感觉手似乎被南萧重重地握了一下，这种感觉稍纵即逝。

“他要跟你走了？”萧琪问道。

“对，回到我们原本的时间线，他临终之时。”游典方点了点头，将笔记本放进怀里。

“我死了以后，你会来接我去看他吗？”

游典方迟疑片刻：“也许吧。我从来没考虑过这个，但我可以试一试。”

萧琪笑了笑：“你别想太多了，我不会……那么做的。我活在这个世上，要带着他的期望一直走下去，走到尽头。”

她的目光落在影后奖杯上，这是她的选择，也是南萧的选择。

萧琪转过身，看向游典方：“也许我现在可以告诉你爱，或者说幸福是什么了。”

游典方却立刻捂住了耳朵：“不用告诉我，我不需要知道你们的幸福是什么，我也不想知道。知道的话，我会忍不住去追求。”

萧琪若有所思地看着他，一切从他开始，一切又在他这里结束。今天他跨出这个房间以后，这个纠缠了那么久的故事，就彻底结束了。即便有谁不愿，即便有谁不舍，但他们终究会迎来故事的结局。

萧琪看着游典方离开，不久后，她也离开了病房。屋外的蝉鸣重新涌入耳朵，在夏日的阳光下，她踩到了自己的影子。

幸福是什么？

爱又是什么？

幸福是填满心口的温暖，爱则是因为这份温暖，而涌上脸庞的笑意。

“等我风烛残年，等我坐着轮椅慢悠悠地来到那片昔日的沙滩，看着遥远的落日，听着熟悉的海潮声，那个人会从远方而来，带着我的幸福，带着我的爱意，跨过这世间的千山万水，去有你的地方，找到你。”